Cadi Goch
a'r Crochan Hud

I Manon ac Idris

Cadi Goch
a'r Crochan Hud

Simon Rodway

Hoffwn ddiolch i'r teulu am eu cefnogaeth, ac yn arbennig i'm merch Manon am ei hadborth amhrisiadwy ar ddrafft gyntaf y stori, ac am ei brwdfrydedd.

Diolch yn fawr i Meinir Wyn Edwards, ac i holl staff Gwasg y Lolfa am eu gwaith diflino ar y gyfrol.

Yn olaf, hoffwn ddiolch i holl ddarllenwyr y nofel gyntaf a gysylltodd i ddweud eu bod am glywed rhagor am anturiaethau Cadi Goch, Tractor, Mohammed a'r lleill.

Gobeithio y byddwch yn eu mwynhau!

Argraffiad cyntaf: 2023
© Hawlfraint Simon Rodway a'r Lolfa Cyf., 2023

Mae hawlfraint ar gynnwys y llyfr hwn ac mae'n anghyfreithlon llungopïo neu atgynhyrchu unrhyw ran ohono trwy unrhyw ddull ac at unrhyw bwrpas (ar wahân i adolygu) heb gytundeb ysgrifenedig y cyhoeddwyr ymlaen llaw

Cynllun y clawr: Sion Ilar a Tanwen Haf

Rhif Llyfr Rhyngwladol: 978 1 80099 357 0

Dymuna'r cyhoeddwyr gydnabod cymorth ariannol
Cyngor Llyfrau Cymru

Cyhoeddwyd ac argraffwyd yng Nghymru
ar bapur o goedwigoedd cynaliadwy gan
Y Lolfa Cyf., Talybont, Ceredigion SY24 5HE
e-bost ylolfa@ylolfa.com
gwefan www.ylolfa.com
ffôn 01970 832 304
ffacs 01970 832 782

1

Shane

Roedd hi'n ddiwrnod o wynt a heulwen yng nghanol mis Ebrill, ac roedd Cadi Goch ar goll. Roedd hi'n chwilio am dŷ Tom Jarvis. Roedd hi'n gwybod ei fod e'n byw mewn stad o dai brics ar ochr arall y pentre, ond doedd hi ddim yn gwybod pa un oedd tŷ Tom. Roedd hi wedi seiclo draw gan ofyn iddi hi ei hunan pa mor anodd y gallai hi fod i ffeindio'r tŷ cywir. Anodd iawn oedd yr ateb. Roedd y tai i gyd yn edrych yr un fath – ychydig yn flinedig y tu ôl i ffens bren blaen neu wrych prifet blêr. Roedd trampolîn ym mhob gardd, bron, a digon o gŵn yn codi eu lleisiau wrth iddi agosáu. Roedd baner Yes Cymru yn ffenest y tŷ ar y cornel.

'Go brin taw dyna dŷ Tom!' meddyliodd Cadi.

Roedd arwydd Anfield ar y tŷ drws nesa i'r un Yes Cymru, yn binc yn hytrach nag yn goch, ar ôl blynyddoedd mas mewn glaw a hindda. Oedd Tom yn cefnogi Lerpwl? Doedd Cadi ddim yn cofio ei glywed e'n sôn am bêl-droed o gwbl. Dylai hi fod wedi gofyn i'w thad ble roedd tŷ Tom. Mae'n siŵr y gallai e fod wedi dweud wrthi beth oedd cyfeiriad y teulu Jarvis. Roedd e a Mrs Jarvis wedi croesi cleddyfau sawl gwaith pan oedd e ar y Cyngor. Ond doedd hi ddim am i'w thad wybod ei bod hi'n chwilio am Tom. Byddai wedi codi ael o leia, a phetai e wedi sôn am y peth o flaen gweddill y teulu, byddai ei brawd bach Gethin wedi dweud ei bod hi a Tom yn gariadon, neu ryw ddwli fel'na. A dweud y gwir, roedd hi'n amau doethineb chwilio am Tom o gwbl, ond roedd ei hen ffrind Cadi Ddu wedi ymbil arni.

Ar ôl gwyliau'r Pasg, roedd Cadi Ddu yn mynd i ymuno â hi yn Academi Gwyn ap Nudd, yr ysgol swynion yn Annwfn, Gwlad y Tylwyth Teg. Roedd hi wedi cael cynnig lle yn yr ysgol ar ôl iddi helpu Cadi Goch a'i ffrindiau i rwystro cynllwyn gan Gacwn Cêt, criw oedd yn ffyddlon i hen deulu brenhinol Annwfn, i ddod â Gweriniaeth Annwfn i ben. Roedden nhw eisiau gosod y Frenhines Cêt, eu harweinydd dirgel, ar yr orsedd. Roedd Cadi Goch wedi dysgu mai Gwen, ei mam go iawn, oedd y Frenhines Cêt, ac roedd hynny'n sioc anferth i Cadi, am ei bod hi wedi credu bod ei mam wedi marw flynyddoedd yn ôl.

Ta waeth, roedd Cadi Ddu wedi cyffroi yn lân wrth feddwl am gael mynd i'r ysgol swynion, ond roedd hi hefyd yn nerfus iawn ac yn ofni y byddai hi ar ei hôl hi yn enbyd, a gweddill y dosbarth wedi cael dau dymor o wersi swynion yn barod. Roedd Cadi Goch wedi ceisio helpu ei rhoi hi ar ben ffordd orau y gallai, ond doedd hi ddim yn esbonio pethau'n dda iawn, ac yn aml doedd hi ddim yn gallu ateb cwestiynau Cadi Ddu o gwbl. Roedd ei ffrind, Tractor Thomas, oedd yn byw yn y pentre nesa, hyd yn oed yn waeth. Roedd Mohammed yn deall y pethau hyn yn well, ond roedd e gartre yng Nghaernarfon. Roedd e wedi cynnig ambell wers i Cadi Ddu dros Facetime, ond rhwng ansawdd wael y cysylltiad, ei acen ogleddol ddiarth a'r ffaith ei fod e'n mynnu ateb pob cwestiwn â darlith hanner awr llawn geiriau astrus – rhai ohonyn nhw yn Annyfneg, iaith y Tylwyth Teg – doedden nhw ddim wedi bod yn llwyddiannus iawn.

'Mae angen Tom Jarvis arnot ti,' roedd Cadi Goch wedi dweud mewn rhwystedigaeth un pnawn, gan daflu ei llyfr nodiadau ar y gwely. Roedd mwy o luniau o geffylau a chathod ynddo nag o nodiadau, a dweud y gwir. 'Gall e esbonio yn well na fi!'

Roedd llygaid Cadi Ddu wedi goleuo.

'Wnei di ofyn iddo fe helpu fi?' roedd hi wedi gofyn.

'Dwi ddim yn gwbod...' roedd Cadi Goch wedi ateb.

'O plis!' roedd Cadi Ddu wedi dweud. 'Ti'n nabod e'n well na fi.'

Doedd Tom a Cadi Goch ddim yn ffrindiau. Pan oedd y ddau gyda'i gilydd yn Ysgol Llanfair, roedd e'n arfer ei bwlio hi yn ddidrugaredd. Ond yn ystod y misoedd diwethaf, roedd Cadi Goch wedi dod i ddeall Tom ychydig yn well, ac roedd e wedi helpu yn y frwydr yn erbyn Cacwn Cêt. Eto i gyd, doedd hi ddim yn teimlo'n hollol gyfforddus am y syniad o fynd ar ei ofyn ar ran Cadi Ddu. Yn y pen draw roedd Cadi Goch wedi ildio, ac felly dyma hi nawr, ar ei beic, yn syllu ar resi o dai unffurf ac yn trial dyfalu pa un oedd cartre Tom. Roedd dyn canol oed boliog yn golchi ei gar o flaen y tŷ gyferbyn â'r un gyda'r faner Yes Cymru. Daeth Cadi oddi ar ei beic a cherddodd ato.

'Esgusodwch fi,' meddai. 'Ydych chi'n gwbod ble mae Mrs Jarvis yn byw?'

Syllodd y dyn arni hi am eiliad, ac wedyn dweud:

'You're looking for Mrs Jarvis, is that it?'

Cochodd Cadi.

'Sorry,' meddai hi, 'you don't speak Welsh.'

Roedd hi wedi dod i arfer â siarad Cymraeg â phawb yn Annwfn, am fod neb yn siarad Saesneg yno.

'A,' meddai'r dyn. 'Dwi'n dysgu.' Siaradai yn araf ac yn bwyllog. 'Mae Mrs Jarvis byw yn... Oh gosh, I know this one... Wait a minute!'

Edrychodd i fyny i'r cymylau oedd yn rasio ar draws yr wybren o flaen awel chwim, ei dalcen wedi crychu, y llaw nad oedd yn dal y beipen yn chwifio o'i flaen fel petai'n ceisio cipio'r geiriau o'r awyr.

'Rhif saith!' bloeddiodd yn fuddugoliaethus ar ôl rhai eiliadau poenus.

Yna, yn betrus:

'That is "seven", isn't it?'

'Yes', meddai Cadi. 'Diolch yn fawr!'

Trodd ar ei sawdl a dechrau gwthio'r beic i ffwrdd, gan graffu ar rifau'r tai cyfagos, ond galwodd y dyn ar ei hôl hi.

'Mrs Jarvis ddim gartre nawr. Mae hi'n gwaith. Siopa. No, that's "shopping", isn't it? Siop! Mae hi'n gwaith mewn y siop nawr. Mab Mrs Jarvis gartre.'

'Popeth yn iawn,' meddai Cadi. 'Ei mab hi dwi moyn.'

Cododd y dyn ei aeliau yn syn. Edrychodd o gwmpas yn frysiog, ac yna troi'r dŵr i ffwrdd, rhoi'r beipen i lawr a dod yn nes ati.

'Do your parents know you're looking for him?' gofynnodd.

'Yes,' meddai Cadi, gan gochi wrth ddweud celwydd.

'Okay,' meddai gan wgu. 'Just watch him – he's trouble, that one.'

'Ym... diolch,' meddai Cadi, gan deimlo'n anesmwyth.

Roedd y dyn yn dal i edrych arni hi.

'You're Shiny's daughter, aren't you?' meddai. 'Wait, I can do this one. Rwyt ti merch Shiny?'

Shiny oedd llysenw tad Cadi. Nodiodd.

'I just have a message for him,' meddai, 'and then I'll go straight home. Diolch am eich help.'

'Croeso!' meddai'r dyn. 'I'll be able to tell Medi I've been speaking Welsh – fy athrawes. She'll be ever so impressed!'

Cododd Cadi ei llaw arno a brysio i ffwrdd, ei meddwl yn troi. Doedd Tom ddim yn angel, roedd hi'n gwybod hynny, ond beth oedd e wedi'i wneud, i'r dyn hwn boeni cymaint amdani'n mynd i'w weld e?

Erbyn hynny, roedd hi wedi cyrraedd rhif saith. Roedd yr ardd ffrynt yn llawn chwyn, ac roedd moto-beic yn sefyll ar y dreif, ei injan yn gorwedd mewn darnau wrth ei ochr. Pwysodd Cadi ei beic bach yn erbyn y wal, cerdded yn nerfus at y drws a gwasgu botwm y gloch. Clywodd hi sŵn cyfarth y tu mewn, a llais yn gweiddi'n filain. Doedd e ddim yn swnio fel llais Tom. Agorodd y drws, a dyma ddyn ifanc tal mewn tracsiwt lwyd â staeniau oel arni yn syllu i lawr arni. Doedd hi erioed wedi'i weld e o'r blaen.

'What do you want?' meddai'n sarrug, ar ôl eiliad.

Llyncodd Cadi ei phoer.

'Ym...' meddai, 'is Tom in?'

Gwenodd y dyn yn ddirmygus, yna troi a gweiddi lan staer:

'Tom! Your girlfriend's here!'

Gallai Cadi deimlo'r gwres yn codi i'w hwyneb. Roedd tawelwch anghyfforddus am eiliad, ac yna daeth Tom lawr y staer gan edrych yn flin.

'Be ti'n neud yma?' hisiodd trwy ei ddannedd pan welodd e Cadi.

Agorodd Cadi ei cheg i'w ateb, ond cyn iddi hi gael cyfle, cododd y dyn diarth ei law a rhoi clatsien i gefn pen Tom. Gwingodd hwnnw mewn poen.

'It's rude to talk a language I can't understand,' meddai'r dyn.

'I wasn't talking to you,' meddai Tom gan rwbio ei ben.

'Yeah, but you might be talking about me, for all I know,' chwyrnodd y dyn.

Edrychodd Tom arno'n gas, ond sylwodd Cadi ei fod wedi bacio allan o gyrraedd braich y dyn. Trodd Tom ati ac edrych arni hithau'n gas hefyd.

'What are you doing here?' meddai.

Agorodd Cadi ei cheg unwaith eto, ac unwaith eto chafodd hi ddim cyfle i siarad, achos ffrwydrodd rhyw dwrw byddarol yn sydyn. Roedd e'n dod o boced tracsiwt y dyn diarth: nodau gitâr drydan a drymiau'n taranu. Tynnodd ffôn allan a'i godi i'w glust.

'Jason, mate!' meddai. 'What's up?'

Gallai Cadi glywed llais arall yn siarad, ond dim o'r geiriau. Gwrandawodd y dyn am eiliad, ac wedyn dweud:

'Job? What sort of job? Hold on, mate, I'll go through to the kitchen. Big Ears and his ginger girlfriend are listening.'

Syllodd yn fygythiol ar Tom, a phwyntio dau fys at ei lygaid i gyfleu y byddai'n ei wylio'n ofalus, cyn troi a mynd i mewn i'r tŷ.

'Pwy yw hwnna?' gofynnodd Cadi mewn llais isel.

Anwybyddodd Tom hi.

'Pam bod ti wedi dod yma?' meddai'n ddigroeso, ei freichiau wedi'u plethu.

Roedd Cadi wedi cael ei bwrw oddi ar ei hechel gan ei ymddygiad.

'Ym…' meddai. 'Ti'n gwbod bod Cadi Ddu yn mynd i ddechrau yn yr ysgol ar ôl y Pasg? Mae hi moyn bach o help i ddala lan, ac ro'n i'n meddwl, gan taw ti yw'r gorau yn y dosbarth gyda swynion a pethau, falle allet ti helpu hi?'

Roedd Tom yn edrych arni mewn anghrediniaeth.

'No way!' meddai'n bendant. ''Nes i helpu ti i stopio Cacwn Cêt, ond dydy hynny ddim yn meddwl bo' ni'n ffrindiau. Mae digon o broblemau gyda fi fan hyn.'

Taflodd gip nerfus i mewn i'r tŷ. Gallai'r ddau glywed llais y dyn trwy ddrws y gegin.

'Pwy yw e?' gofynnodd Cadi eto.

'Cer o 'ma, Cadi,' meddai Tom yn gas, a chau'r drws yn glep yn ei hwyneb.

Safodd Cadi yn ei hunfan am eiliad, yn syllu ar y drws, yna trodd i ffwrdd, dringo ar ei beic a phedalu am adre.

★★★

Roedd ei thad yn aros amdani ar y dreif.

'Dyma ti, Cads,' meddai. 'O'n i'n dechrau becso amdanot ti. Ble ti 'di bod?'

'Unlle,' meddai Cadi, 'jyst am dro.'

'Ges i alwad gan Mr George,' meddai Dad. 'Dwedodd e bod ti'n chwilio am dŷ'r teulu Jarvis. Dwedodd e hefyd fod Shane Jarvis wedi dod adre. Do'n i ddim yn gwbod hynny. Ti'n gwbod bod Mrs Jarvis yn dweud bod Shane wedi bod yn gweithio mas yn Dubai neu rywle?'

'Oman,' meddai Cadi.

'Ie, dyna ni,' meddai Dad. 'Wel so fe'n wir. Roedd e...'

'Yn y carchar,' meddai Cadi. 'Dwi'n gwbod.'

Cododd Dad ei ael.

'Dwedodd Tom wrtha i,' meddai Cadi.

Dyna pwy oedd y dyn diarth yn nhŷ Tom, felly. Roedd Cadi wedi clywed digon o straeon am Shane a'i gastiau, ond roedd e wedi symud i fyw gyda'i dad yn Lloegr flynyddoedd yn ôl, a doedd hi ddim wir yn ei gofio fe.

'Mae Tom a ti 'di dod yn dipyn o ffrindiau, on'd y'ch chi?' meddai Dad gan ei gwylio hi'n ofalus.

Ysgydwodd Cadi ei phen. Roedd hi wedi meddwl eu bod nhw'n ffrindiau hefyd ar ôl yr antur roedden nhw wedi'i rhannu'n gynharach yn y flwyddyn, ac roedd cael ei throi i ffwrdd ganddo yn gynharach yn brifo, braidd.

'Dy'n ni ddim rili yn ffrindiau,' meddai, gan geisio swnio'n ddidaro.

Roedd hi'n amlwg bod hyn yn rhyddhad i Dad.

'Iawn,' meddai. 'Ta waeth, nawr bod Shane yn y tŷ, dwi ddim moyn i ti fynd yno ar ben dy hunan, ocê?'

Nodiodd Cadi. Go brin y byddai'n mynd yn ôl, beth bynnag.

'Oes chwant bwyd arnot ti?' gofynnodd Dad. 'Galla i neud brechdan. Mae Sandra a Gethin wedi mynd i'r dre, ac mae'n siŵr byddan nhw'n byta yno.'

'Diolch,' meddai Cadi, gan wthio'i beic i mewn i'r garej. Yna, wrth ddilyn ei thad i'r gegin, gofynnodd:

'Beth wnaeth Shane? Pam oedd e yn y carchar?'

'Bwrglera, am wn i,' meddai Dad. 'Ma fe'n drwbwl. Piti bod e ddim wedi aros yn Birmingham, ond falle bod pethau'n rhy beryglus iddo fe fan'na. Be ti moyn yn dy frechdan?'

Ond doedd Cadi ddim yn gwrando. Roedd copi o *Golwg* yn gorwedd ar y ford, ac roedd y clawr wedi denu ei sylw. *Hud a Lledrith yr Hen Geltiaid* oedd y pennawd, ac odano roedd llun crochan hynafol gyda phatrymau rhyfedd yn chwyrlïo drosto. Roedd Cadi yn ei nabod yn syth: Pair Dadeni Annwfn, crochan hud a allai godi'r meirw o farw yn fyw. Roedd y dihiryn Barti John wedi bod yn barod i'w werthu i Gacwn Cêt. Bydden nhw wedi ei ddefnyddio i atgyfodi eu milwyr a chreu byddin erchyll er mwyn cipio grym a gosod y Frenhines Cêt ar yr orsedd unwaith eto. Ond roedd Cadi a'i ffrindiau wedi llwyddo i'w rwystro, gyda help Tom Jarvis, ac roedd y pair wedi mynd i ddwylo Llywodraeth Cymru. Doedden nhw ddim yn gwybod bod ganddo bŵer hudol. Iddyn nhw, hen grair o Oes yr Haearn oedd e, a dim mwy.

'Cadi?' dwedodd Dad, ac yna sylweddoli beth

oedd wedi dal ei llygad. 'O ie,' meddai, ychydig yn anghyfforddus, 'ro'n i'n mynd i weud wrthot ti. Mae'r hen grochan 'na'n mynd ar daith o gwmpas Cymru tra eu bod nhw'n paratoi cartre parhaol iddo yn yr Amgueddfa yng Nghaerdydd. Bydd e'n dod i'r Llyfrgell Genedlaethol yn Aberystwyth ddiwedd y mis.'

Doedd Dad ddim yn gwybod taw crochan hud oedd e chwaith. Roedd Cadi wedi meddwl y byddai wedi bod yn ddigon saff yn yr Amgueddfa yng Nghaerdydd. Ond beth petai Cacwn Cêt yn dal i drio cael eu bachau arno? Er eu bod wedi cael eu trechu, roedd rhai, gan gynnwys ei mam, a'u traed yn rhydd o hyd, a byddai'r pair yn arf defnyddiol iawn iddyn nhw. Oni fyddai taith o gwmpas Cymru yn cynnig digon o gyfleoedd iddyn nhw?

2

Yn ôl i'r Ysgol

YN FUAN IAWN wedyn, daeth gwyliau'r Pasg i ben, ac roedd hi'n amser i Cadi Goch fynd yn ôl i'r ysgol. Bore dydd Llun, safodd y tu allan i'w thŷ yn ei gwisg ysgol wyrdd a llwyd. Roedd hi'n ddiwrnod braf yn Llanfair, a'r heulwen eisoes yn gynnes ar ei hwyneb. Yn Annwfn, fodd bynnag, byddai'r gaeaf ar y ffordd, a byddai'n oerach o dipyn. Roedd Sandra, ei llysfam, wedi chwerthin pan welodd hi Cadi yn twrio yn y cwtsh dan staer am fenig a sgarff y bore hwnnw.

'Ti byth yn gwbod…' roedd Cadi wedi mwmial.

Roedd hi'n gwybod yn iawn bod y swyn roedd yr athrawon wedi'i osod ar y tŷ yn meddwl y byddai Sandra'n anghofio am hyn yn fuan, fel y byddai'n anghofio popeth oedd yn gysylltiedig â'r ysgol. Doedd y Tylwyth Teg ddim am i bawb o'r 'Byd Arall', fel roedden nhw'n ei alw, ymhel â'u busnes, felly roedd hi'n bwysig na fyddai rhieni'n gofyn gormod o gwestiynau anodd am Academi Gwyn ap Nudd.

Am 8.15 ar ei ben dyma hen fws rhydlyd yn rhuglo i'r golwg a dod i stop o flaen tŷ Cadi. Wrth y llyw roedd y gyrrwr llwyd arferol yn ei fandana, sbectol haul a chrys-T Motörhead. Doedd Cadi erioed wedi'i glywed e'n siarad, ac roedd hi'n amau ei fod yn un o'r miloedd o filwyr gafodd eu lladd yn y Rhyfel Cartref yn Annwfn a'i fod wedi cael ei daflu i'r Pair Dadeni a chodi'n fyw eto, ond yn fud. Nodiodd ei ben y mymryn lleiaf wrth iddi ddringo i'r bws. Roedd ei weld e'n ddigon i atgoffa Cadi o'r cynllun i arddangos y pair mewn gwahanol rannau o Gymru ac i ofyn eto a fyddai Cacwn Cêt yn ceisio manteisio ar y cyfle i'w ddwyn.

'Helô,' meddai'n nerfus.

Dim ateb. Edrychodd Cadi o gwmpas. Roedd Tom Jarvis yn eistedd ar y sedd gefn fel arfer ac yn ei hanwybyddu hi. Yn nes at y ffrynt, roedd ei ffrind Tractor, yn fawr ac yn sgwâr, ac wrth ei hochr roedd Cadi Ddu, yn edrych fel dol i gymharu â hi.

'Bore da, Carrot Top!' rhuodd Tractor. 'Rhaid i ti ffindo rhywle arall i iste. Mae un Cadi 'da fi'n barod!'

***

Pen draw taith y bws oedd cwm anghysbell yn y mynyddoedd lle roedd yna ogof. Tu mewn i'r ogof honno, agorodd y gyrrwr y porth i Annwfn, twll rhacsiog rhwng y bydoedd. Gan wisgo breichledi arbennig o fetel deallus i'w diogelu, camodd y plant fesul un i Wlad y Tylwyth Teg. Dim ond dwywaith roedd Cadi Ddu wedi croesi rhwng y bydoedd o'r blaen, ac roedd ei hwyneb braidd yn welw, ond cerddodd yn benderfynol trwy'r porth, gyda Cadi Goch yn dynn wrth ei sodlau. Clywodd hi'r pigiadau bach cyfarwydd ar ei chroen wrth groesi, ac wedyn dyna hi'n crynu ar lethr y bryn uwchben Llyn Dulas yn nannedd gwynt main a chwythai o'r mynyddoedd. Roedd pennau'r rheiny'n wyn i gyd. Straffaglodd i wisgo'i chot aeaf, menig a sgarff, a dilyn gweddill y plant i gyfeiriad yr ysgol. Wrth ei hochr, roedd Cadi Ddu'n syllu i bob cyfeiriad, ei cheg ar agor. Aethon nhw dan fwa carreg prif fynedfa'r ysgol, trwy'r Cwad ac i mewn i'r Neuadd Fawr. Roedd Cadi Goch a Tractor yn esbonio wrth Cadi Ddu beth oedd popeth, a dweud hanesion bach am eu hanturiaethau a wnaeth i'r ddwy ohonyn nhw chwerthin. Cerddai Tom Jarvis ar ben ei hunan, ei ben i lawr a'i ddwylo yn ei bocedi.

Roedd yr athrawon yn eistedd ar y llwyfan ym mhen pellaf y neuadd. Doedd Mr Penfras, yr athro swynion enigmatig, ddim yn eu mysg. Roedd e'n dal i wella o'r anafiadau gafodd yn y frwydr yn erbyn Cacwn Cêt ddechrau'r tymor diwethaf. Gallai Cadi Goch weld Orosius ab Elffin, tylwythyn mawr, llond ei groen, oedd wedi bod yn llanw esgidiau Mr Penfras. Yna sylwodd hi ar wyneb newydd – roedd dynes fach â gwallt du cyrliog a llygaid tywyll yn eistedd yn y gadair yn ymyl Mr ab Elffin. Trodd at Tractor a gofyn dan ei gwynt:

'Pwy yw hi?'

Cododd Tractor ei hysgwyddau.

'Sai'n gwbod,' meddai yn ddidaro, 'ond dwi *yn* gwbod pwy yw honna!'

Pwyntiodd at un o'r meinciau yng nghefn y neuadd lle roedd merch gyda sbectol a gwallt tywyll yn eistedd ar ben ei hunan. Heledd Bowen. Doedd hi ddim wedi bod yn yr ysgol ers i'w thad gael ei arestio am ei ran yn y cynllwyn i ddyrchafu'r Frenhines Cêt i orsedd Annwfn. Roedd sïon wedi bod yn cylchredeg na fyddai hi'n dod yn ôl, ond dyna hi, yn eistedd yn dawel bach fel llygoden. Fel arfer byddai hi'n swagro ar hyd y lle gan glochdar am hyn a'r llall, gyda chriw o gynffonwyr yn ei dilyn fel cŵn bach ffyddlon. Y rhai mwyaf amlwg yn y criw hwnnw oedd Ffion Chapman, Beca Llwyd a Karen Jones. Ond gwelodd Cadi Goch fod y tair ohonyn nhw'n eistedd gyda'i gilydd ar ochr arall y neuadd, gan chwerthin yn uchel am ryw jôc neu'i gilydd ac yn anwybyddu Heledd yn llwyr.

'Mae'r gang wedi troi cefn arni,' meddai Tractor yn fodlon.

'Mae'n edrych yn unig,' meddai Cadi Goch yn fyfyriol.

Chwyrnodd Tractor.

'Paid dechrau teimlo piti drosti,' meddai. 'Cofia'r

holl bethau ma hi 'di neud! Cofia be wedodd hi am Mohammed!'

Roedd Heledd wedi amau nad oedd Mohammed yn perthyn i fyd Annwfn am nad oedd gwaed y tylwyth teg yn ei wythïennau.

'Pwy sy 'di bod yn siarad amdana i?' meddai llais tu ôl iddyn nhw.

'Mo!' dwedodd y ddwy ferch fel un.

Neidiodd Tractor ar ei thraed a'i gofleidio, wedyn cochi hyd ei chlustiau, ac eistedd i lawr yn drwsgwl. Gwenodd Mohammed arni.

'Gan bwyll, Tractor Bach Coch,' meddai. 'Paid gwasgu fi i farwolaeth!'

Trodd at Cadi Ddu.

'Sut ma'i, Cadi?' meddai. 'Braf dy weld di eto. Ma cael dwy Cadi yn yr ysgol yn mynd i fod yn ddryslyd. Rhaid i un ohonoch chi newid enw!'

'Gallen ni alw'r hen Gadi yn Carrot,' meddai Tractor. 'Neu beth am Moron?'

Chwarddodd ar ei jôc ei hunan, ond wnaeth Cadi Goch ddim ymuno â hi. Pam bod rhaid i Tractor dynnu sylw at liw ei gwallt o hyd? Cofiodd ei chyfarchiad ar y bws, a'r ffaith ei bod hi wedi mynnu eistedd gyda Cadi Ddu. Oedd hi'n lico'r 'Cadi newydd' gyda'i gwallt du del yn well na'r hen un sinsir? Dwedodd llais bach y tu mewn iddi am beidio bod yn wirion: roedd Tractor yn gallu bod yn ansensitif weithiau, dyna i gyd. Ond roedd hi hefyd yn garedig: roedd hi wedi eistedd gyda Cadi Ddu ar y bws fel na fyddai hi'n teimlo'n unig, siŵr iawn. Ysgydwodd ei phen, a gweld bod Mohammed yn syllu arni hi'n ddisgwylgar. Roedd hi wedi mynd ar goll yn ei meddyliau a heb sylwi ei fod wedi gofyn cwestiwn iddi.

'Cadi?' meddai Tractor gan esgus siarad i mewn i radio. 'Mae'r ddaear yn galw Cadi!'

'Sori, Mo,' dwedodd Cadi Goch. 'Be wedest ti?'

'Dim ots,' meddai Mohammed. 'Dyma'r Prifathro.'

Roedd yr Athro Gwyddno Garwyn wedi camu i'r llwyfan yn ei glogyn o blu amryliw. O dan y clogyn gwisgai ei siwt flêr arferol, ac roedd Cadi Goch yn sicr ei bod wedi gweld pen Gwawrddur ei wiwer ddu anwes yn pipo o'i boced. Cododd gweddill yr athrawon i'w gyfarch, pob un ond Mr ab Elffin a oedd yn pwyso yn ôl yn ei gadair, ei fodiau wedi'u twcio o dan ei wregys. Prociodd y ddynes gyda'r gwallt du cyrliog e, a bu bron iddo gwympo oddi ar ei gadair. Edrychodd o gwmpas, a gweld bod yr Athro Garwyn wedi stopio ac yn syllu arno gyda'i unig lygad oedd yn las las fel awyr y gwanwyn ar ôl cawod sydyn o law. Cododd yn frysiog, gan fwmial rhywbeth dan ei anadl. Clywodd Cadi Goch ambell un o'r plant yn chwerthin. Nodiodd yr Athro Garwyn yn swta, a brasgamu at y pulpud, lle trodd ei lygad ar y plant. Distewodd y chwerthin a'r mân siarad, ac edrychodd pawb arno yn berffaith dawel.

'*Siko Lelekis*: croeso'n ôl,' meddai. 'Fel gwelwch chi,

mae Mr ab Elffin yn dal gyda ni. Mae hynny'n golygu, wrth gwrs, bod Mr Penfras yn dal yn rhy wan i ailgydio yn ei waith, ond dwi'n clywed ei fod e'n gwella, a bod staff yr ysbyty yn fodlon iawn â'i gynnydd. Y gobaith, felly, yw y gallwn ni ei groesawu'n ôl cyn bo hir. Efallai bod rhai ohonoch chi wedi sylwi ar absenoldeb un arall o'n staff, fodd bynnag. Dydy Miss Henwen ddim gyda ni am y tro, a hynny am resymau personol. Bydd Mrs Bronwen Tudur yn dysgu ei gwersi hi nes ei bod hi'n dychwelyd.'

Cododd y ddynes fach ddiarth gyda'r gwallt du cyrliog ar ei thraed gyda gwên fach hunan-foddhaus a chyrtsio.

'Bore da, bawb,' meddai, mewn llais siwgraidd. 'Dwi mor hapus i fod yma gyda chi, a dwi'n siŵr y byddwn ni i gyd yn ffrindiau mawr.'

Eisteddodd eto. Syllodd yr Athro Garwyn arni fel petai'n flin ei bod hi wedi torri ar ei draws. Yna trodd ei olygon yn ôl at y plant.

'Does gen i ddim byd arall i'w ddweud,' meddai'n swta. 'Ewch i'ch gwersi!'

A chyda hynny, trodd oddi wrth y pulpud a stampio allan o'r neuadd. Gwyliodd Cadi Goch ei gefn, gan ofyn iddi hi ei hunan beth allai fod o'i le ar Miss Henwen, yr athrawes hedfan hawddgar. Roedd hi wedi bod yn edrych ymlaen at ei gweld hi eto.

'Sai'n siŵr am y Mrs Tudur 'ma,' meddai Tractor wrth iddyn nhw wthio trwy'r dyrfa am yr ystafelloedd dysgu. 'Sai'n lico'i golwg hi. Shwt un yw hi, sgwn i?'

'Dwn i'm,' meddai Mohammed, 'ond gawn ni gyfle i ffeindio allan cyn hir. Hi sy gynnon ni pnawn 'ma.'

***

Ar ôl cinio, aethon nhw'n ribidirês i ystafell ddosbarth Mrs Tudur. Galwodd Tractor ar Cadi Ddu i ddod i eistedd gyda hi, felly aeth Cadi Goch i eistedd gyda Mohammed. Sylwodd hi fod Karen, Ffion a Beca wedi gwahodd Gwenno Jones draw fel na allai Heledd eistedd gyda nhw. Roedd honno'n eistedd ar ben ei hunan unwaith eto, ac yn esgus darllen ei llyfr swynion yn astud. Roedd Tom Jarvis yntau hefyd ar ben ei hunan yn y cefn. Daeth Mrs Tudur i mewn i'r ystafell mewn cwmwl o sent oedd yn ddigon cryf i wneud i'r rhes flaen dagu. Gwenodd arnyn nhw, ond sylwodd Cadi Goch na chyrhaeddodd y wên ei llygaid. Mor wahanol oedd hi i wên lydan ddiffuant Miss Henwen. Unwaith yn rhagor gofynnodd Cadi beth oedd y 'rhesymau personol' oedd yn cadw Miss Henwen i ffwrdd o'r gwaith roedd hi'n ei fwynhau gymaint.

'Wel helô,' meddai Mrs Tudur yn ei llais siwgraidd.

Edrychodd o gwmpas yn hamddenol, ei golwg yn aros ar ambell wyneb yn hwy nag ar eraill. Pan gwrddodd ei llygaid â llygaid Cadi Goch, oedodd am eiliadau anghyffordddus, gan wenu'n ffals o hyd.

'Dwi'n nabod rhai ohonoch chi'n barod,' meddai o'r diwedd, 'a dwi wedi clywed sôn am rai eraill.'

Gwibiodd ei llygaid yn ôl at Cadi am eiliad. Yna edrychodd ar Heledd.

'Heledd Bowen, ife?' holodd.

Nodiodd Heledd yn anfoddog. Roedd hi'n amlwg nad oedd hi'n croesawu'r sylw. Daliodd Mrs Tudur i edrych arni, gan wgu'r mymryn lleiaf.

'Ym, ie, Miss,' meddai Heledd.

'Busnes anffodus gyda dy dad,' meddai Mrs Tudur, gan ysgwyd ei phen. 'Rhaid bod pethau'n anodd i ti ar hyn o bryd. Dwi'n nabod Gwern, wrth gwrs, a dy Anti Morwen. Cofia fi ati, wnei di? Mae'n teuluoedd ni'n ffrindiau ers cyn cof.'

Yna, heb aros i Heledd ateb, trodd yn ôl at Cadi Goch.

'Nawr 'te, does dim rhaid i neb ddweud wrtha i pwy wyt ti,' meddai. 'Cadi Williams, Cadi Goch – dwi'n iawn, on'd ydw i?'

'Ydych, Miss,' meddai Cadi, gan ofyn beth fyddai nesaf. Oedd y ddynes fach ryfedd hon yn mynd i ddweud ei bod yn nabod mam Cadi hefyd?

'Dwi wedi clywed am yr hen fusnes 'na gyda'r Cacwn,' meddai, 'a dwi'n gwybod bod pethau'n... wel, bod dim lot o Gymraeg rhyngddot ti a Heledd, ond dwi eisiau i chi fod yn ffrindiau nawr. Symud ymlaen. Gadael y gorffennol yn y gorffennol. Beth am i ti symud i eistedd gyda hi? Mae digon o le!'

Syllodd Cadi Goch arni mewn arswyd. Edrychodd Mrs Tudur yn ôl gan wenu, ond roedd ei llygaid hi'n oeraidd. Taflodd Cadi gip i gyfeiriad Heledd a gweld ei bod hithau'r un mor anhapus am y syniad.

'Dere nawr, Cadi,' meddai Mrs Tudur.

Cododd Cadi yn araf a cherdded draw at Heledd. Gwrthododd Heledd edrych arni wrth iddi eistedd wrth ei hymyl.

'Da iawn,' meddai Mrs Tudur gan wenu fel crocodeil oedd yn barod i lyncu ei brae. 'Nawr 'te, dechreuwn ni. Hoffwn i weld oes gennych chi ddigon o swynion i ddechrau gwneud gwaith y tylwyth teg. Dy'ch chi ddim yma i segura ac i chwarae gemau, chi'n gwybod? Bydd y rhai ohonoch chi sy'n gallu pasio fy mhrawf yn mynd allan cyn hir i gasglu dannedd.'

***

'Ro'n i'n iawn am Mrs Tudur,' meddai Tractor wrth iddyn nhw fyrddio'r bws i fynd yn ôl i Lanfair.

'Hollol iawn,' cytunodd Cadi Goch. 'Gobeithio bod hi ddim yn disgwyl i fi eistedd gyda Heledd bob dydd!'

Eisteddodd Tractor ar bwys Cadi Ddu unwaith eto. Roedd Cadi Goch ar fin eistedd gyferbyn â nhw pan deimlodd hi rywun yn plycio ei llawes. Trodd a gweld Tom Jarvis.

'Dwi eisiau siarad â ti,' meddai hwnnw.

'Ocê,' meddai Cadi Goch.

'Jyst ti,' meddai Tom gan edrych ar Tractor a Cadi Ddu.

'Pam bo' *ni* ddim yn cael clywed beth sy 'da ti i weud?' gofynnodd Tractor yn flin.

'Mae'n breifat,' chwyrnodd Tom.

Gwgodd Cadi Goch. Ar ôl treulio prynhawn yng nghwmni Heledd Bowen, doedd hi ddim yn awyddus i dreulio'r siwrnai adre gyda Tom Jarvis. Eto i gyd, roedd hi'n chwilfrydig. Rhaid ei fod e'n bwysig os oedd Tom yn fodlon siarad â hi ar ôl yr hyn roedd e wedi'i ddweud wrthi yn ystod gwyliau'r Pasg.

'Iawn,' meddai o'r diwedd, a dilyn Tom i gefn y bws. Roedd hi'n gwybod heb droi ei phen bod Tractor a Cadi Ddu yn eu gwylio.

'Be sy'n bod, Tom?' meddai, unwaith bod y ddau yn eistedd.

'Ti'n cofio pan ddest ti i tŷ fi? Roedd brawd fi, Shane, yn siarad ar y ffôn am job? Wel, dwi'n gwbod bod e'n gweithio i dylwyth teg. Cacwn Cêt, falle.'

'Yn neud beth?' gofynnodd Cadi'n syn.

Ysgydwodd Tom ei ben.

'Dwi ddim yn gwbod,' meddai. 'Dwedodd e fod e'n neud job i rywun oedd ddim yn siarad Saesneg, a gofynnodd e i fi ddod i *translate*-o. Ro'n i'n meddwl *got to be* tylwyth teg. Pwy arall sy ddim yn siarad Saesneg? Felly es i i weld y dyn gyda Shane a'i ffrind Jason. Pan welodd y dyn fi, aeth e'n grac, yn dweud bod e'n *trap*. Roedd e gyda breichledi fel rhai ni. Do'n i ddim yn nabod e, ond dwi'n meddwl bod e'n nabod fi. Wedi gweld fi yn Annwfn, efallai. Doedd Shane ddim yn deall beth oedd yn digwydd, ac roedd e'n grac gyda fi, wrth gwrs. Ond clywais i fe wedyn yn siarad â Jason ar y ffôn yn dweud bod *translator* arall, felly dwi'n credu bod e'n dal i wneud y job.'

'Pam ti'n dweud wrtha i?' gofynnodd Cadi Goch. 'Pam ddim dweud wrth yr Athro Garwyn neu rywun?'

'Paid dweud wrth yr athrawon,' hisiodd Tom yn ffyrnig. 'Dwi'n dweud wrthot ti achos dwi'n poeni bod Shane yn neud rhywbeth drwg. Fel fi gyda Barti John. Ond ma fe'n frawd i fi, a bydd Mam yn *gutted* os yw e'n mynd yn ôl i jêl. Dwi ddim eisiau snitsho.'

'Ocê,' meddai Cadi Goch. 'Ti'n meddwl bo' nhw am ddwyn y pair? Ma fe'n dod i Aberystwyth yn fuan.'

Cododd Tom ei ysgwyddau.

'Dwi ddim yn gwbod,' meddai.

Aeth Cadi Goch yn ôl at Tractor a Cadi Ddu.

'Beth oedd e moyn?' gofynnodd Tractor yn ddrwgdybus.

'Dim byd,' meddai Cadi Goch. 'Rhywbeth am ei frawd, 'na i gyd. Dim byd am yr ysgol.'

Am ryw reswm, doedd hi ddim yn barod i drafod y peth gyda Tractor eto. Cyn hir, collodd Tractor ddiddordeb yn Tom Jarvis, a dechrau adrodd rhyw stori ddoniol i Cadi Ddu am ei chwaer yn cael ei tsiaso gan hwrdd. Pwysodd Cadi Goch yn ôl yn ei sêt. Beth oedd gêm Cacwn Cêt, tybed? Beth oedd Shane Jarvis yn neud iddyn nhw? Oedden nhw'n trio dwyn y Pair Dadeni? Ac os felly, sut? Roedd rhaid iddi hi drio dod o hyd i atebion.

3

Y Llyfrgell

Roedd hi'n fore dydd Sadwrn ar ddiwedd Ebrill, ac roedd y ddwy Cadi yn eistedd yng nghefn car Shiny ar y ffordd i Aberystwyth. Roedd y Pair Dadeni wedi cychwyn ar ei daith o gwmpas Cymru yn y Llyfrgell Genedlaethol, ac roedd diwrnod o ddarlithoedd a gweithgareddau i'w groesawu. Roedd Shiny a Sandra wedi synnu bod Cadi Goch mor awyddus i fynd, ac roedd rhaid iddi hi ddweud celwydd golau a honni eu bod yn gwneud prosiect ar y Celtiaid yn yr ysgol. Y gwir oedd ei bod yn gobeithio y byddai'n darganfod rhyw gliw i gynllwyn Cacwn Cêt. Roedd pythefnos wedi pasio ers i Tom Jarvis ddatgelu bod Shane yn gwneud rhyw waith i'r tylwyth teg, a doedd hi ddim wedi clywed rhagor. Roedd hi'n amlwg bod Shane yn gwneud yn siŵr na fyddai Tom yn clywed dim o'i fusnes.

Ta waeth, er gwaethaf eu syndod, roedd Shiny a Sandra yn ddigon bodlon bod Cadi am fynd, gan fod gan y ddau ohonyn nhw ddiddordeb yn y digwyddiad.

Roedd Gethin wedi gwrthod dod, gan ddweud bod yr holl beth yn *boring*, felly roedden nhw wedi trefnu iddo dreulio'r dydd gyda'i ffrind Llew.

'Beth am ofyn i Cadi Ddu?' roedd Sandra wedi awgrymu. 'Bydd digon o le yn y car heb Gethin.'

Doedd Cadi Goch ddim wedi dweud wrth Cadi Ddu am yr hyn roedd Tom wedi'i ddweud am Shane. A dweud y gwir, doedd hi ddim wedi dweud wrth Tractor na Mohammed chwaith. Roedd hi'n ofni y byddai Tractor yn dweud rhywbeth cas am Tom, neu'n gwneud rhyw jôc ddwl. Efallai y byddai'n mynnu dweud rhywbeth wrth yr athrawon, a doedd Cadi Goch ddim moyn mynd yn groes i ddymuniad Tom. Byddai Mohammed yn deall, roedd hi'n ffyddiog o hynny, ond anaml iawn y gwelai ef ar ben ei hunan: fel arfer roedd Tractor gyda nhw hefyd. Doedd hi ddim yn gwybod pam nad oedd hi wedi sôn wrth Cadi Ddu. Beth bynnag, roedd hi *wedi* dweud ei bod yn ofni y byddai Cacwn Cêt yn trio dwyn y crochan tra ei fod e ar daith o amgylch y wlad, felly byddai Cadi Ddu'n barod i'w helpu i chwilio am gliwiau, siŵr iawn.

Roedd y traffig yn drwm ar y ffordd i mewn i Aberystwyth. Daeth y car i stop yn gyfan gwbl yn Llanfarian. Drymiodd Dad ei fysedd ar yr olwyn yn ddiamynedd.

'Hisht!' meddai Sandra. 'Maen nhw'n siarad am y crochan ar y radio!'

Trodd hi'r sain i fyny.

'Ydy hi'n wir,' roedd y cyflwynydd yn dweud, 'bod crochanau yn bwysig iawn i'r hen Geltiaid?'

'Wel,' meddai llais dyn, 'efallai. Mae'n anodd dweud. Mae yna ambell i grochan enwog o'r cyfandir o Oes yr Haearn, fel Pair Gundestrup, ond dy'n ni ddim yn gwybod taw Celtiaid wnaeth y crochan hwnnw.'

'O,' meddai'r cyflwynydd. 'Ond beth am ein llenyddiaeth ni? Pair Ceridwen? Y Pair Dadeni yn stori Branwen?'

'Wel, chi'n iawn,' meddai'r dyn mewn llais undonog, 'mae ambell grochan yn yr hen lenyddiaeth.'

'A beth yw arwyddocâd y crochanau hynny?' holodd y cyflwynydd.

'Anodd dweud,' meddai'r dyn. 'Anodd dweud.'

'Ym... wel, diolch,' meddai'r cyflwynydd, gan swnio'n siomedig. 'Dr Seimon Rhodri o Adran Gymraeg ac Astudiaethau Celtaidd Prifysgol Aberystwyth yn siarad am bwysigrwydd y crochan o Oes yr Haearn fydd yn cael ei ddangos yn y Llyfrgell Genedlaethol yn Aberystwyth am y tri mis nesa.'

'Wel, doedd dim lot 'da fe i'w ddweud, oedd e?' meddai Shiny. 'Gobeithio fydd *e* ddim yn siarad heddiw!'

Edrychodd Sandra ar y rhaglen.

'Ydy, ma fe,' meddai. 'Ystyr y Crochan ym Mytholeg a Chwedloniaeth y Celtiaid yw'r teitl. Maen nhw wedi camsillafu ei enw, hefyd.'

'Wel, dyna un sesiwn i sgipio,' meddai Shiny. 'Ond falle bydd popeth wedi bennu erbyn i ni gyrraedd os nag yw'r ceir 'ma'n dechrau symud!'

Aethon nhw fesul modfedd i gyfeiriad Aberystwyth. O'r diwedd, cyrhaeddon nhw'r Llyfrgell ar y bryn uwchben y dre. Roedd y maes parcio bron yn llawn, a digon o bobl yn anelu am yr adeilad mawr sgwâr. Odanyn nhw gorweddai tai a cheir y dre fel teganau, tyrau'r castell a'r Hen Goleg yn fach ac yn dwt, ac y tu hwnt roedd y môr, yn wyrddlas tywyll i gyd. Yna daeth yr haul o'r tu ôl i gwmwl a golchi'r cyfan mewn goleuni cynnes. Cylchodd barcud fry uwch eu pennau, a diferodd cân yr adar mân o ganghennau'r coed y tu ôl iddyn nhw.

Dilynon nhw'r torfeydd trwy ddrws tro'r Llyfrgell ac ar hyd coridor lle roedd yna luniau mawr o hen grochanau addurniedig o Gundestrup a Vix a llefydd eraill yn Ewrop gyda disgrifiadau dwyieithog mewn print bras. Roedd yna dipyn o sôn am Bair Dadeni'r Mabinogi hefyd, ac yna ar ben y coridor roedd print anferthol o lun gan artist o'r enw Margaret Jones o'r Pair hwnnw yn chwydu rhyfelwyr lled-fyw o'i grombil i frwydro eto yn erbyn y cawr Bendigeidfran a'i fyddin. Crynodd Cadi wrth weld eu hwynebau llwyd a'u llygaid gwag wrth iddyn nhw godi eu gwaywffyn yn barod i ailgydio yn y lladdfa. I'r artist, stori liwgar o'r gorffennol oedd hyn, ond roedd Cadi'n gwybod yn iawn bod egin o wirionedd gwaedlyd y tu ôl iddi. Yn y stori, cafodd y Pair ei dorri yn y diwedd, ond mewn realiti roedd yn dal yn gyfan ac yn sefyll o fewn llathenni.

Aethon nhw heibio i'r llun brawychus a thrwy ddrws arall, a dyna lle roedd y crochan hud mewn cas gwydr yng nghanol yr ystafell, wedi'i oleuo gan sbotoleuadau a ddangosai'n glir yr ysgythriadau rhyfedd arno. Roedd yna griw go lew o bobl yn yr ystafell yn barod, yn rhythu ar y crochan, yn astudio'r llyfrynnau roedden nhw wedi'u cael wrth ddod i mewn, neu'n siarad â'i gilydd yn isel, eu lleisiau'n llawn cyffro. Roedd golwg bwysig iawn ar rai ohonyn nhw.

'Drycha!' meddai llais Sandra y tu ôl i Cadi Goch. 'Dyna'r Aelod Seneddol!'

'A dyna Is-Ganghellor y Brifysgol,' meddai Shiny.

Ond roedd sylw Cadi Goch wedi'i hoelio ar rywun lot pwysicach yn ei thyb hi. Yn sefyll ym mhen arall yr ystafell mewn iwnifform wyrddlas olau roedd Shane Jarvis. Neidiodd calon Cadi Goch. Roedd hi'n iawn, doedd bosib. Roedd e'n mynd i geisio dwyn y Pair ar ran Cacwn Cêt! Roedd llygaid Shane yn crwydro'r ystafell, a dyma nhw'n dod i'w chyfeiriad hi a sylweddoli ei bod hi'n edrych arno. Edrychodd hi i ffwrdd ar unwaith, gan deimlo'r gwaed yn codi i'w bochau.

'Ife brawd Tom Jarvis yw hwnna?' meddai Cadi Ddu.

'Ym, ie,' meddai Cadi Goch. 'Dwi'n credu.'

'Be ma fe'n neud fan hyn?' gofynnodd Cadi Ddu. 'Ti'n gwbod bod e 'di bod yn y carchar?'

Nodiodd Cadi Goch. Penderfynodd hi yn y fan a'r lle y dylai hi ddweud wrth Cadi Ddu am ei hamheuon.

'Dere 'da fi,' meddai, gan arwain y ffordd i gornel tawel, lle dwedodd hi'r stori gyfan.

'Rhaid bod e'n gweithio i Gacwn Cêt,' gorffennodd hi. 'Dyna pam bod e 'di cael gwaith yn y Llyfrgell nawr. Bydd e'n trio dwyn y Pair rywsut.'

Edrychodd Cadi Ddu arni hi gyda llygaid mawr.

'Rhaid stopio fe,' meddai. 'Ond shwt?'

Ysgydwodd Cadi Goch ei phen.

'Dwi ddim yn gwbod,' meddai.

Y funud honno, daeth menyw fach, ymddiheurol yr olwg mewn siaced goch i'r ystafell a chlirio ei llwnc.

'Esgusodwch fi,' meddai mewn llais main, 'mae'r gynhadledd yn dechrau mewn pum munud. Ewch i ben y coridor a throi i'r chwith. Mae yna arwyddion clir. Yn y cyfamser, mae gweithgareddau i blant yn yr Ystafell Addysg. Galla i fynd ag unrhyw un sy isio gwneud y rheina.'

Yna dwedodd hi'n union yr un peth yn Saesneg.

'Odych chi moyn mynd gyda hi?' meddai Sandra wrth y ddwy Cadi. 'Mae'n swnio'n fwy diddorol na Dr Bechingalw yn dweud bo' ni ddim yn gwbod hyn a ddim yn gwbod y llall!'

'Iawn,' meddai Cadi Goch, ac yna troi at ei ffrind a dweud mewn llais isel:

'Triwn ni sleifio bant wrth y fenyw ac edrych o gwmpas, ocê?'

Nodiodd Cadi Ddu, ond chawson nhw ddim cyfle, achos daeth y fenyw yn syth atyn nhw, dan wenu'n nerfus.

'Hello, girls,' meddai, ac yna, 'Ym, ydach chi'n siarad Cymraeg? O, sori! Wrth gwrs! Ydach chi isio dŵad i wneud crefftau? Da iawn! Dewch efo fi!'

Doedd gan y ddwy Cadi ddim dewis ond ei dilyn hi i ystafell hirsgwar heb ffenestri gyda byrddau isel a chadeiriau bach. Roedd y byrddau yn drymlwythog â phapur, pensiliau, glud, *sequins*, plu ac ati.

'Sori,' meddai'r fenyw, 'chi chydig bach yn rhy hen i hyn, dwi'n gwbod.'

Ond erbyn hynny, roedd plant eraill yn llifo i mewn y tu ôl iddyn nhw a doedd dim dianc. Arhosodd y ddwy Cadi a dechrau dylunio bob o grochan Oes yr Haearn, gan gopïo patrymau o daflen ar gelf yr hen Geltiaid. Wedyn, pan welon nhw fod pob un o'r oedolion yn brysur, sleifion nhw bant. Unwaith eu bod allan o'r ystafell, rhedon nhw am y cyntedd, ac yna arafu i ddal eu hanadl.

'Ble awn ni?' gofynnodd Cadi Ddu.

'Beth am fynd 'nôl i weld y crochan?' meddai Cadi Goch. 'Bydd pawb yn gwrando ar y darlithoedd erbyn hyn.'

Aeth y ddwy yn ôl heibio'r lluniau ac i mewn i'r

ystafell dawel. Doedd neb arall yno. Yng nghanol y llawr safai'r pair anferthol yn fygythiol fel anifail ysglyfaethus yn barod i neidio. Sgleiniai golau'r sbotoleuadau ar ei arwyneb patrymog, ond rywsut doedden nhw ddim yn gallu cael gwared o'r tywyllwch oedd fel petai'n diferu ohono. Crynodd Cadi Goch. Teimlai ystafell y pair yn oerach na gweddill yr adeilad, rywsut. Gorfododd ei hunan i fynd yn nes i astudio'r addurn – roedd y llinellau troellog fel petaen nhw'n symud pan welai hi nhw o gil ei llygad, ond bob tro y byddai'n troi i edrych arnyn nhw bydden nhw'n stopio ac aros yn berffaith lonydd. Patrymau oedden nhw, ond wrth iddi agosáu roedden nhw'n troi'n anifeiliaid rhyfedd neu'n wynebau maleisus. Yn y tawelwch llethol roedd hi'n gallu clywed ei chalon yn curo.

Yn sydyn, clywodd hi rywbeth arall: llais y tu ôl iddi hi:

'Scuse me girls, you're not meant to be here on your own!'

Bu bron iddi neidio allan o'i chroen. Trodd a'i chael ei hunan yn edrych ar Shane Jarvis yn ei iwnifform wyrddlas.

'Ha!' meddai hwnnw. 'I know you, you're Tom's...'

Gwridodd Cadi Goch.

'I'm not his girlfriend!' meddai'n ffyrnig.

'Alright, alright,' meddai Shane, gan chwerthin. 'I was

going to say "friend". Anyway, whoever you are, you're not supposed to be here. Off you go.'

Roedd rhaid iddyn nhw fynd gydag e, yn ôl i'r Ystafell Addysg a'r lliwio a'r gludo. Ond wrth iddyn nhw droi'r cornel, synhwyrodd Cadi Goch rywsut fod rhywun y tu ôl iddyn nhw. Trodd a gweld ffigur tal ac esgyrnog yn ymddangos o'r cysgodion a chamu'n dawel i gyfeiriad ystafell y pair. Ddangosodd Shane Jarvis ddim unrhyw arwydd ei fod e wedi'i weld. Agorodd Cadi Goch ei cheg i ddweud rhywbeth, ond yna cafodd hi gip ar wyneb y ffigur, a rhewodd ei llais yn ei llwnc: wyneb llwydaidd a chraith hyll o dan yr ên flewog. Gyrrwr y bws ysgol. Beth yn y byd oedd e'n ei wneud yma?

4

Yr Ysbryd

'Dwi ddim yn deall pam bo' ni ddim yn mynd yn syth i ddweud wrth yr Athro Garwyn am frawd Tom,' meddai Tractor yn daer.

Roedd hi'n amser cinio y dydd Llun canlynol, ac roedd y ddwy Cadi, Tractor a Mohammed yn loetran yn y Cwad, gan geisio osgoi effeithiau gwaethaf y gwynt rhynllyd. Roedd Cadi Goch newydd ddweud wrth Tractor a Mohammed beth roedd Tom wedi'i ddweud wrthi hi am ei frawd, a hefyd beth roedd hi a Cadi Ddu wedi'i weld yn y Llyfrgell Genedlaethol. Fel roedd Cadi Goch wedi rhagweld, roedd Tractor yn grac nad oedd Cadi wedi dweud wrthi hi ar unwaith, a doedd hi ddim am fod yn sympathetig i Tom chwaith.

''Nes i ddweud wrth Tom fydden i ddim yn sôn wrth neb,' meddai Cadi Goch.

'Dwi ddim yn deall pam fod Tom yn amddiffyn ei frawd,' meddai Cadi Ddu. 'Ma fe'n gas iawn iddo fe.'

'Ond maen nhw'n frodyr,' meddai Cadi Goch. 'Dyw e

ddim moyn i'w frawd fynd yn ôl i'r carchar. Beth fyddet ti'n neud 'se dy chwaer di'n mynd i'r carchar?'

Torrodd Tractor ar ei thraws.

'Fydde chwaer fi ddim yn neud rhywbeth drwg yn y lle cynta,' meddai. 'Mae Shane Jarvis yn *criminal*. Wedodd *cousin* fi bo' fe wedi saethu rhywun a'i ladd e!'

Chwarddodd Cadi Goch.

'Wnaeth e ddim!' meddai'n ddirmygus. 'Dwgyd arian wnaeth e, dyna i gyd!'

'Dyna i gyd?' meddai Tractor, ei hwyneb yn cochi. 'Ma hynny'n iawn, yw e? Beth petai…'

'Dim ots am hynny,' meddai Mohammed, yn colli ei amynedd o'r diwedd. 'Beth mae o'n neud rŵan, dyna'r peth pwysig. Ac i bwy mae o'n gweithio.'

Cododd Cadi Goch ei hysgwyddau.

'A rwbath arall,' aeth Mohammed yn ei flaen. 'Gyrrwr y bws: be oedd o'n neud? Roedd o â diddordeb yn y pair hefyd, ddudist ti?'

'Oedd,' meddai Cadi Goch. 'Aeth e i gyfeiriad stafell y pair pan oedd Shane ddim yn edrych.'

'A,' meddai Mohammed. 'Ond beth petai Shane yn gwybod bod y gyrrwr yna, ac yn smalio bod o ddim? Beth petai'r ddau yn gweithio efo'i gilydd: Shane yn neud yn siŵr bo' chi'ch dwy allan o'r ffordd cyn iddo fo fynd i mewn?'

Doedd Cadi Goch ddim wedi meddwl am hynny.

'Falle…' meddai'n ansicr.

'Faint dach chi'n wybod am y gyrrwr?' gofynnodd Mohammed.

Edrychodd Cadi Goch a Tractor ar ei gilydd.

'Dim byd,' meddai Cadi Goch.

'Ma fe'n lico roc,' meddai Tractor. 'Ma fe wastod yn gwrando ar fiwsig gyda *headphones*, a gwisgo crysau T gyda sgerbydau a pethe ych-a-fi arnyn nhw.'

Y funud honno, canodd y gloch. Suddodd calon Cadi Goch. Roedd prynhawn hir dan ofal Mrs Tudur o'i blaen. Roedd Mrs Tudur yn dal i fynnu ei bod yn eistedd gyda Heledd Bowen gan ddisgwyl, mae'n debyg, y byddai gorfodi'r ddwy i fod yn gorfforol agos rywsut yn mynd i'w gwneud yn ffrindiau mynwesol. I'r gwrthwyneb. Roedd y mymryn o gydymdeimlad roedd Cadi Goch wedi'i deimlo tuag at Heledd ar ddechrau'r tymor pan oedd hi'n eistedd ar ei phen ei hunan wedi hen fynd ar ôl cwpl o wythnosau o eistedd wrth ei hymyl. Fyddai Heledd ddim yn siarad â hi, ond ambell waith byddai'n ffeindio ffordd o chwarae hen dric cas arni. Unwaith, llwyddodd i osod swyn ar bensil Cadi a wnaeth iddo lithro oddi ar y ddesg fel mwydyn bach. Roedd Mrs Tudur wedi rhoi stŵr i Cadi am hynny. Roedd hi'n gallu gweld Heledd yn crechwenu arni hi o hyd. Ochneidiodd.

'Well i ni fynd,' meddai.

Cychwynnodd y merched am yr ystafell ddosbarth, ond wedyn sylweddolodd Cadi Goch nad oedd

Mohammed gyda nhw. Fel arfer, fe oedd y cyntaf i anelu am y gwersi, ond heddiw roedd e'n sefyll yn stond dan goeden afalau, ei gwfl dros ei glustiau a'i ddwylo'n ddwfn yn ei bocedi.

'Mo!' galwodd Cadi Goch. 'Dere mlân! Byddwn ni'n hwyr!'

'Sori,' meddai Mohammed gan hel ei draed o'r diwedd, 'ro'n i'n meddwl am yr hen yrrwr bws. Gofynna i i'r Pwll Gwybodaeth amdano fo fory.'

***

Methiant oedd cynllun Mohammed, fodd bynnag. Amser egwyl bore trannoeth, aeth i'r ystafell fach gron yn llyfrgell yr ysgol lle roedd y Pwll Gwybodaeth. Fel arfer, gallai'r Pwll gynnig atebion i bob math o gwestiynau, ond ddim y tro hwn. Ysgrifennodd Mohammed ei gwestiwn yn Annyfneg ar stribedyn o risgl bedw a'i daflu i'r Pwll, ond yr ateb gafodd e oedd: 'Nid oes gennych yr hawl i'r wybodaeth honno'.

'Bydd rhaid imi neud hyn yn y ffordd hen ffasiwn, 'lly,' meddai gan droi at y silffoedd ac estyn am gyfrol drom yn Annyfneg ar hanes y Rhyfel Cartref.

''Nawn ni adael llonydd i ti, 'te,' meddai Tractor. 'Dewch, ferched!'

Aeth y tair merch allan o gysgodion llychlyd y llyfrgell i'r heulwen gwan. Pan ganodd y gloch iddyn nhw fynd yn ôl i'w gwersi, daeth Mohammed allan gan ysgwyd ei ben.

'Dim byd eto,' meddai.

Felly roedd hi am weddill yr wythnos.

Prynhawn dydd Gwener, eisteddai Cadi Goch ar y bws wrth iddo wibio ar hyd heolydd cul Ceredigion, gan deimlo'n rhwystredig. Ychydig lathenni i ffwrdd roedd y gyrrwr, gwrthrych ymchwil ofer Mohammed, ei gorff esgyrnog wedi'i blygu dros y llyw, ei ben yn nodio i rythm y miwsig na allai neb arall ei glywed. Ochneidiodd Cadi a throi ei phen i syllu trwy'r ffenest. Roedd y coed i gyd yn gwisgo dillad newydd o wyrddni ffres, ac roedd y gwrychau'n fwrlwm o fywyd: gwenyn yn brysur wrth y blodau ac adar duon yn cecru'n ffyrnig. Yng nghanol hyn, teimlai Cadi Goch yn ddiymadferth ac yn unig. Roedd Tractor a Cadi Ddu'n eistedd gyda'i gilydd fel arfer, yn chwarae rhyw gêm ar ffôn Tractor. Roedd Tom ar ei ben ei hunan yn y cefn – roedd Cadi Goch wedi sylwi ar glais lliwgar dan ei lygad chwith. Ai Shane oedd yn gyfrifol am hynny, tybed? Ond doedd Tom ddim yn siarad â hi o gwbl y dyddiau yma, felly go brin y byddai'n dysgu'r gwir.

Daeth y bws i stop y tu allan i dŷ Cadi Goch. Cododd o'i sêt, ac edrychodd Cadi Ddu a Tractor i fyny o'r ffôn am ddigon o amser i ddweud 'hwyl' cyn dychwelyd at eu gêm. Wrth i Cadi Goch ddod at ddrws cefn y tŷ, gallai glywed llais ei brawd yn strancio. Gadawodd ei hunan i mewn i'r gegin ac eistedd wrth y ford. Daeth Pero'r ci i'w chyfarch.

'Ma rhywun yn lico fi, o leia,' meddyliodd.

Ar ôl ychydig, daeth Sandra i mewn.

'O haia, cariad,' meddai. 'Glywes i ddim ti'n dod mewn. Ti 'di clywed Gethin, mae'n debyg. Dwi ddim yn gwybod be sy'n bod arno fe. Wedi blino ar ôl wythnos yn yr ysgol, siŵr iawn.'

Dylyfodd ên.

'Sori, bach,' meddai, 'dwi wedi blino hefyd. Mae dy dad lawr ym Mharc y Scarlets heno gyda Wil yn gweld y gêm. Fyddi di'n hapus i gael caws ar dost i de? Sdim...'

Ond dyma hi'n dylyfu gên unwaith eto gan dorri ar draws diwedd ei brawddeg. Edrychodd Cadi arni hi'n graff. Roedd hi'n welw iawn. Tybed oedd hi'n dost?

'Cer i eistedd,' meddai Cadi. 'Galla i wneud caws ar dost i bawb.'

'Diolch, Cads,' meddai Sandra'n ddiolchgar. 'Ti werth y byd.'

***

Daeth popeth yn glir y prynhawn wedyn. Roedd y tywydd yn braf, felly aethon nhw â phicnic i'r traeth. Ar ôl gorffen y bwyd, roedd Cadi a Gethin yn awyddus i fynd i badlo, ond gofynnodd Dad iddyn nhw aros am funud.

'Mae bach o newyddion 'da ni i chi,' meddai gan edrych ar Sandra. 'Cyn bo hir bydd gyda chi frawd bach neu chwaer fach. Ma Sandra'n feichiog.'

Ddywedodd Gethin na Cadi yr un gair. Edrychodd Dad a Sandra arnyn nhw'n ddisgwylgar.

'Chi'n hapus, blantos?' gofynnodd Sandra, ychydig yn bryderus.

Nodiodd Cadi.

'Wrth gwrs,' meddai, er doedd hi ddim, mewn gwirionedd, yn gwybod sut roedd hi'n teimlo.

'Ond ble fydd y babi yn cysgu?' meddai Gethin. 'Sai moyn rhannu stafell!'

Chwarddodd Dad.

'Paid becso, achan,' meddai. 'Byddwn ni'n sortio rhywbeth. A byddi di'n frawd mawr ffantastig, dwi'n gwbod.'

Edrychodd Gethin arno'n amheus, ond roedd hi'n amlwg ei fod wedi'i blesio gan y datganiad hwn.

'Ta waeth, dwi wedi dod â chacen i ddathlu,' aeth Dad yn ei flaen. 'Cymrwch sleisen!'

★★★

Y noson honno, gorweddodd Cadi yn effro yn ei gwely gan droi popeth yn ei phen. Roedd pawb yn gwybod nad oedd hi'n ymdopi'n dda â newid. Yn y flwyddyn ddiwethaf roedd ei bywyd wedi newid y tu hwnt i unrhyw beth y gallai fod wedi ei ddychmygu. Ond rywsut roedd hi wedi dod i ben. Yn fwy na hynny, mynd i Academi Gwyn ap Nudd a darganfod y byd o hud a lledrith a orweddai yn ymyl ei byd hi oedd y peth gorau oedd wedi digwydd iddi erioed. Roedd hi wedi darganfod am y tro cynta yn ei bywyd bod ganddi dalent anhygoel, ac yn goron ar y cwbl roedd ganddi ddau ffrind ffyddlon i rannu'r profiadau. Roedd hi wedi bod yn edrych ymlaen at fynd yn ôl i'r ysgol ar ôl y Pasg ac at ddangos popeth i Cadi Ddu, oedd yn ffrind iddi ers blynyddoedd. Ond roedd cyfeillgarwch newydd Tractor a Cadi Ddu fel petai'n bygwth ei hamddifadu o ddau ffrind, ac roedd diflaniad ei hoff athrawes, Miss Henwen, wedi bod yn ergyd ddwbl am fod Mrs Tudur fel petai'n gwneud popeth o fewn ei gallu i ddifetha hapusrwydd Cadi Goch. Ar ben hynny, roedd hi'n amlwg bod cynllwyn ar droed i ddwyn y Pair Dadeni, ac roedd Cadi'n teimlo bod rhaid iddi hi a'i ffrindiau ddatrys y dirgelwch ar eu pennau eu hunain heb ofyn am help oedolion er mwyn achub yr hen Shane Jarvis rhag mynd i helynt. A nawr, roedd pethau gartre yn mynd i newid am byth.

Caeodd ei llygaid yn dynn a cheisio mynd i gysgu, ond roedd ei hymennydd yn gorlifo â meddyliau. Clywodd hi ddrws yn cau lawr staer. Roedd Dad wedi mynd â Pero mas, a dyma nhw'n dod mewn eto. Ochneidiodd. Roedd hyn yn anobeithiol. Cododd o'i gwely a mynd i'r landin.

Byddai'n mynd i'r gegin i nôl gwydraid o ddŵr ac wedyn dechrau eto. Aeth hi ar flaenau ei thraed i lawr y staer. Doedd hi ddim moyn gorfod siarad â Dad na Sandra a cheisio esbonio pam na allai hi gysgu. Arhosodd wrth y tro yn y staer a sbecian i lawr. Roedd y gegin yn wag – rhaid bod y ddau ohonyn nhw yn y lolfa. A dweud y gwir gallai eu clywed yn siarad. Aeth fel llygoden fach i gyfeiriad y gegin, ond wrth iddi basio drws y lolfa, clywodd dinc rhyfedd yn llais Sandra wnaeth iddi hi stopio a gwrando.

'Be sy'n bod, Shiny?' meddai Sandra'n bryderus. 'Ti'n crynu. Ti'n edrych fel petaet ti wedi gweld ysbryd!'

'Falle 'mod i,' meddai Dad yn dawel fel bron na allai Cadi ei glywed. Roedd hi'n gallu clywed y cryndod yn ei lais, fodd bynnag.

'Be?' meddai Sandra.

'O dim byd,' meddai Dad yn uwch, gan geisio swnio'n ddidaro. 'Dwi wedi blino, mae'n rhaid, 'na i gyd. Yn dychmygu pethe.'

'Wel, beth bynnag ddychmygest ti mae wedi rhoi sgytwad go iawn i ti,' meddai Sandra. Roedd ofn yn ei llais nawr. 'Beth oedd e?'

Roedd yna dawelwch am eiliad. Yna llais Dad eto:

'Na, mae'n sili. Byddi di'n meddwl 'mod i wedi colli 'mhwyll.'

'Ti'n neud i fi fecso nawr,' meddai Sandra. 'Rhaid i ti weud, Shiny.'

Ochneidiodd Dad.

'Welais i... Na, mae'n amhosib! O, Sandra, welais i Gwen.'

5

Dannedd

'**Gwen!**' ebychodd Cadi mewn sioc. Roedd ei thad a phawb yn Llanfair yn meddwl bod Gwen wedi marw. Dim ond Cadi a'i ffrindiau oedd yn gwybod y gwir amdani. Beth oedd ei gêm? Rhaid ei bod wedi dod yn ôl i Gymru i ddianc rhag Gwarchodlu Annwfn oedd yn chwilio amdani ar ôl iddi ffoi o'r frwydr yng Nghastell Caerddulas. Ond pam dod yn ôl i Lanfair?

Yn sydyn clywodd hi lais ei thad:

'Dwi'n siŵr i fi glywed rhywbeth tu fas.'

Gallai Cadi ei glywed yn camu dros yr ystafell, a neidiodd hi i ffwrdd o'r drws wrth iddo agor.

'Cadi!' meddai Dad yn syn. 'Be ti'n neud fan hyn?'

'Ym,' meddai Cadi, 'do'n i ddim yn gallu cysgu. Ro'n i ar y ffordd i'r gegin i nôl glased o ddŵr.'

Edrychodd Dad arni hi. Roedd ei wyneb yn welw, a'i ddwylo'n crynu.

'Glywest ti beth o'n ni'n ddweud?' gofynnodd.

'Naddo,' meddai Cadi'n frysiog, ond gallai deimlo'r

gwaed yn rhuthro i'w hwyneb i'w bradychu. Doedd hi byth yn medru dweud celwydd.

'O, cariad,' meddai Dad. 'Dere i gael cwtsh.'

Gwasgodd hi i'w frest. Dros ei ysgwydd gallai hi weld Sandra, ei hwyneb yn llawn pryder – am y ddau ohonyn nhw, mae'n siŵr, meddyliodd Cadi. Gadawodd Dad hi'n rhydd, ac edrych arni'n dyner.

'Cadi, dwi ddim yn gwbod be weles i: yr hen lygaid yn chwarae triciau arna i, mae'n siŵr. Ond...'

Stopiodd, fel petai rhywbeth newydd ei fwrw am y tro cyntaf.

'Welodd Pero rywbeth hefyd,' meddai'n araf. 'Roedd e'n chwyrnu'n wyllt, a'r ffwr yn sefyll lan ar ei gefn e.'

Ysgydwodd ei ben eto.

'Mae'r ddau ohonon ni cynddrwg â'n gilydd,' meddai, gan orfodi ei hunan i chwerthin, 'yr hen fwngrel a fi! Gobeithio bo' fi ddim wedi ypsetio ti.'

Ysgydwodd Cadi ei phen. Y peth olaf roedd hi eisiau oedd ffwdan. Roedd hi'n ysu am gael dianc i dawelwch ei hystafell fel y gallai hi feddwl am y tro newydd hwn yn y stori. Beth yn y byd oedd Gwen yn ei wneud? Oedd hi'n gwybod rywsut bod Cadi'n amau rhywbeth am y cynllwyn newydd i gael ei bachau ar y crochan? Ond, os felly, pam dod ei hunan? Allai hi ddim fod wedi gyrru rhywun arall i gadw llygad ar Cadi, ei merch?

Roedd Dad a Sandra yn edrych arni'n bryderus.

'Dwi'n iawn,' meddai. 'Dwi'n gweld pethau sy ddim yna weithiau hefyd.'

Roedd hi'n amlwg nad oedd Dad a Sandra yn disgwyl ymateb fel hyn.

'Ti'n siŵr, cariad?' meddai Sandra. 'Ti moyn i fi neud coco neu rywbeth? Gallen i ddod i ishte gyda ti am bach.'

'Dim diolch,' meddai Cadi. 'Af i i nôl dŵr a mynd yn ôl i'r gwely. Dwi'n dechrau teimlo'n flinedig.'

Brysiodd i'r gegin, gan adael y ddau'n sefyll yn ddiymadferth yn nrws y lolfa.

★★★

Bore dydd Llun, dwedodd Cadi Goch y cwbl wrth ei ffrindiau wrth iddyn nhw anelu am wers Dr ab Einion, y mwyaf diflas o'r athrawon, ar theori hud.

'Os ydy hi'n ysbïo arnat ti,' meddai Mohammed mewn penbleth, 'pam neud y gwaith ei hunan? Mae'n Frenhines! Basa rhywun yn meddwl basa hi'n *delegatio* i un o'i *minions* hi. Ydy hyn yn golygu bod pawb wedi'i gadael hi, neu wedi cael eu carcharu?'

Nodiodd Cadi Goch. Dyna'n union beth oedd hi wedi meddwl.

'Felly,' meddai Cadi Ddu, gan gyfrif ar ei bysedd, 'dy'n ni ddim yn gwbod beth ma Shane Jarvis yn neud, dy'n ni ddim yn gwbod beth ma gyrrwr y bws yn neud, a dy'n ni ddim yn gwbod beth ma mam Cadi yn neud, ond ni *yn* meddwl bod yna gynllwyn i ddwgyd y crochan hud a dechrau rhyfel arall. Dwi'n cytuno â Tractor. Dylen ni ddweud wrth yr athrawon.'

'Ond...' meddai Cadi Goch.

'Dwi'n gwbod,' meddai Cadi Ddu'n flin, 'dy'n ni ddim yn cael neud rhag ofn bod Shane yn mynd yn ôl i'r carchar, achos bo' ti wedi gweud wrth Tom. Sy ddim, gyda llaw, yn siarad â ti!'

'Yn hollol!' meddai Tractor gan nodio ei phen yn ffyrnig.

Roedd Cadi Goch yn falch eu bod wedi cyrraedd drws yr ystafell ddosbarth erbyn hynny, a doedd dim modd para â'r sgwrs am y tro. Ac erbyn diwedd y dydd roedd rhywbeth arall wedi gwthio'r holl gwestiynau hyn i gefn ei meddwl. Ar ôl cinio, a Cadi Goch unwaith yn rhagor yn rhannu desg yn anfodlon â Heledd Bowen, cyhoeddodd Mrs Tudur yn ei llais siwgraidd:

'Heddiw, blantos, bydda i'n datgelu canlyniad fy mhrawf. Bydd pawb sy wedi pasio yn cael mynd i gasglu dannedd.'

Ar unwaith saethodd llaw Gwenno Jones i'r awyr.

'Gwenno?' meddai Mrs Tudur, gan wgu'r mymryn lleiaf.

'Ond Miss,' meddai Gwenno yn ei llais tenau, 'dy'n ni ddim wedi sefyll prawf!'

Gwenodd Mrs Tudur.

'O, ydych,' meddai. 'Mae'r gwersi wedi bod yn brawf. Dwi'n gwybod yn iawn pa rai ohonoch chi sy'n barod i fentro i'r Maes...'

Oedodd am eiliad, ei llygaid yn syllu yn syth i fyw llygaid Tractor.

'... a pha rai sy ddim.'

Agorodd fag llaw oedd yn gorwedd ar y ddesg, a thynnu allan lyfr nodiadau bach gyda chlawr euraidd. Gosododd ef yn ofalus o'i blaen, ac yna mynd i dwrio yn y bag eto am ei sbectol. Wedi ei rhoi ar ei thrwyn, agorodd y llyfr a dechrau bodio trwyddo. Roedd pawb ar bigau'r drain, ond doedd neb yn meiddio dweud dim. O'r diwedd, edrychodd Mrs Tudur i fyny a chlirio ei llwnc.

'Bowen, Heledd,' meddai. 'Wedi pasio. Da iawn, Heledd – roeddwn i'n siŵr y byddet ti'n ddigon da. Chapman, Ffion. Wedi pasio. Dafis, Ben. Wedi methu. Diogi, dyna dy broblem di, Ben...'

'O na!' meddyliodd Cadi. 'Mae hi'n darllen yr enwau yn nhrefn yr wyddor. Fi fydd yr ola, siŵr iawn.'

'... Idris, Mohammed. Wedi pasio. Da iawn, Mo. Nid yr hen deuluoedd yw'r unig rai sy'n gallu rhagori yn y maes hwn, fel dwi wastad wedi dweud. Piti bod pawb ddim mor feddwl agored... Jarvis, Tom. Wedi pasio. Jenkins, Cadi. Wedi methu. Paid becso, bach, ti'n newydd. Mae'n siŵr byddi di'n barod y tro nesa. Jones, Gwenno. Wedi methu.'

Edrychodd am eiliad ar Gwenno gyda gwên fach ffals ar ei gwefusau.

'Piti,' meddai'n oeraidd.

Agorodd Gwenno ei cheg ac wedyn ailfeddwl a phwyso'n ôl yn ei chadair yn bwdlyd.

'Jones, Karen. Wedi pasio...'

Ac yn y blaen, nes cyrraedd 'Thomas, Anni. Wedi methu.'

Anni oedd enw go iawn Tractor. Roedd hi wedi bod yn disgwyl hyn, mewn gwirionedd, ond eto cochodd hyd ei chlustiau.

'Dy'n ni ddim eisiau gadael peiriant amaethyddol yn rhydd yn stafell rhyw blentyn druan,' aeth Mrs Tudur yn ei blaen. 'Pwy a ŵyr beth ddigwyddai!'

Oedodd, gan aros am ymateb i'w jôc, ond doedd y rhan fwyaf o'r dosbarth ddim wedi deall, felly siom gafodd hi. Chwyrnodd yn ddiamynedd a throi'n ôl at ei llyfr.

'Williams, Arwel. Wedi pasio. Williams, Cadi. Wedi pasio,' meddai'n swta, a chau'r llyfr â chlec. 'Byddwch chi'n mynd mewn parau, ac mi fydda innau, neu aelod arall o'r staff yno i'ch cefnogi, ac i achub eich croen os ydych chi'n gwneud smonach o bethau.'

Edrychodd i gyfeiriad Cadi a Heledd.

'Mae'r ddwy ohonoch chi wedi pasio,' meddai, 'felly gewch chi fynd gyda'ch gilydd.'

Syllodd y ddwy ferch arni mewn arswyd.

'Ond Miss...' dechreuodd Heledd.

Chafodd hi ddim gorffen ei brawddeg.

'Dim dadlau,' meddai Mrs Tudur yn llym. 'Mae'ch

ffrae chi'n hen hanes erbyn hyn. Chi'n ffrindiau eto nawr, on'd y'ch chi?'

'Ydyn, Miss,' mwmialodd Cadi a Heledd gyda'i gilydd, y ddwy yr un mor ddigalon â'i gilydd.

Gwenodd Mrs Tudur, ond roedd ei llygaid yn dal yn oer.

'Da iawn,' meddai. 'I wneud yn siŵr bo' chi'n cydweithio'n dda, bydda innau'n eich goruchwylio chi.'

Suddodd calon Cadi ymhellach. Roedd hi wedi bod yn edrych ymlaen at ei phrofiad cyntaf o waith tylwyth teg, ac roedd hi wedi mwynhau dysgu'r swynion angenrheidiol. Ond cael Heledd a Mrs Tudur yn gwmni – beth allai fod yn waeth? Doedd Tractor na Cadi Ddu ddim yn cydymdeimlo ryw lawer, fodd bynnag.

'Paid achwyn,' meddai Tractor. 'Ti'n cael mynd, o leia. Byddwn ni'r twpsod yn gorffod neud sesiynau ychwanegol nes bo' ni'n paso'r prawf stiwpid.'

***

Er mwyn mynd i'r 'maes', fel roedd Mrs Tudur yn ei alw, roedd angen mynd i'r hen Labordy Brenhinol yng Nghaerddulas, a ailenwyd yn Labordy'r Bobl ar ôl y Chwyldro. Roedd hwn yn adeilad crand yn uchel ar y bryn, gyda golygfeydd ysblennydd dros y llyn. Roedd yna erddi helaeth gyda thai gwydr llawn planhigion ecsotig. Roedd gan rai ohonyn nhw olwg reit fygythiol

– roedd y rheina wedi'u cadw mewn caetsys dan glo, ac roedd y tylwyth oedd yn eu hastudio yn gwisgo menig trwchus, mygydau, a gogls. Yng nghanol y tai gwydr, codai adardy crwn, gyda channoedd o adar o bob lliw a llun ynddo. Roedd sŵn eu trydar yn fyddarol. O flaen yr adeilad roedd cerflun mawr o ddynes hardd mewn cot labordy. Roedd meicrosgop dan ei chesail chwith ac yn ei llaw arall roedd baner Gweriniaeth Annwfn. Edrychai i fyny, ei hwyneb yn llawn gobaith.

Arweiniodd Mrs Tudur y disgyblion ffodus oedd wedi pasio'r prawf trwy'r prif ddrysau ac i mewn i neuadd hir ac uchel. Roedd Dr ab Einion a Mr ab Elffin yna hefyd. Yng nghanol y neuadd safai sgerbwd anferthol rhyw greadur ysglyfaethus gyda dannedd hir a miniog. 'Afanc', meddai'r label.

'Afanc?' gofynnodd Cadi yn uchel, ei llygaid yn fawr.

'Dydy afancod Annwfn ddim fel rhai ni,' meddai Mohammed yn goeglyd.

'Mae hynny'n amlwg!' meddai Cadi.

'Dydy ein hafancod ni ddim yn perthyn i afancod eich byd chi,' meddai Dr ab Einion. 'A dweud y gwir, maen nhw'n fwy tebyg i grocodeilod nag i unrhyw beth arall. Creaduriaid peryglus iawn, ac yn fwy deallus o lawer na'r crocodeil. Mae rhai ohonyn nhw'n defnyddio gwaywffyn â phennau carreg, ac mae'r rhai sy'n byw yn y fforestydd deheuol yn eu hiro â gwenwyn o ryw blanhigyn sy'n tyfu yno. Ffaith ddifyr am yr afanc: all e ddim gweld y lliw oren, am ryw reswm. Y ffordd orau o drechu afanc yw i ddangos ei adlewyrchiad mewn drych iddo. Bydd hyn yn codi ofn arno, ac yn amlach na pheidio bydd e'n ffoi.'

'Basa angen drych mawr!' meddai Mohammed, gan syllu i fyny ar y creadur anferthol.

Ond roedd sylw Cadi wedi troi at weddill y neuadd. Ar y waliau, roedd lluniau o wyddonwyr oedd wedi gweithio yn y labordy yn y gorffennol. Roedd Miss Cilcoed a Dr ab Einion yna, ond doedd dim sôn am Gwenddydd Treffynnon, mam Cadi, oedd wedi gadael dan gwmwl yn y blynyddoedd cyn y Chwyldro. Arweiniodd Mrs Tudur y disgyblion trwy'r neuadd at ddrws yn y cefn. Y tu ôl i'r drws, roedd grisiau serth yn disgyn i grombil y Labordy, yn ddwfn o dan y ddaear. Cwpanodd Mrs Tudur ei dwylo o flaen ei hwyneb a chwythu arnyn nhw. Cronnodd golau gwelw ynddyn nhw, fel bod ei chysgod yn neidio'n fawr ac yn ddu yn erbyn y waliau y tu ôl iddi. Cododd hi'r golau uwch ei phen wedyn a siarsio'r plant i'w dilyn. Ar waelod y staer cawson nhw eu hunain mewn coridor llydan â drysau'n arwain oddi wrtho ar y naill ochr a'r llall. Gallen nhw glywed synau rhyfedd yn dod o'r tu ôl i rai ohonyn nhw: hymian, popian, ac ambell ffrwydrad aneglur. Fflachiai golau o wahanol liwiau o dan ambell i ddrws. Unwaith clywyd sgrech annynol a gododd y blew ar war Cadi.

'B-beth oedd hynny?' meddai Ffion, â chryndod yn ei llais.

'Dim byd i boeni amdano,' meddai Mrs Tudur yn swta. 'Clywch chi bob math o synau rhyfedd lawr fan hyn, ond chi'n berffaith saff.'

Daeth i stop o flaen drws ac arno arwydd yn cyhoeddi 'Y Ddanheddfa', a hynny o dan frawddeg yn sgript ddolennog Annyfneg. Erbyn hyn, gallai Cadi adnabod ambell lythyren, ond dim mwy na hynny. Agorodd Mrs Tudur y drws, ac arwain y plant i falconi a edrychai dros siambr anferthol yn llawn pobl yn rhuthro yma ac acw yn benderfynol. Ar y wal gyferbyn roedd dwsinau o ddyfeisiau a edrychai fel drychau neu ffenestri mawr siâp wy gydag ymylon pres sgleiniog. Roedd rhifolyn Annyfneg o dan bob un. Odanyn nhw roedd hanner dwsin o focsys pren tua maint a siâp wardrob, bob un â drws. Roedd stribedyn coch ar ben pob drws, a dau o'r rheiny wedi'u goleuo. Ar y llawr o'u blaenau roedd yna resi o ddesgiau, bob un yn gyforiog ag offer pres. Roedd y ddwy wal arall yn llawn droriau gyda bwlynnau pres. Roedd y droriau ar y wal chwith i gyd yn goch, a'r rhai ar y wal dde yn las. Roedd llawer o'r bobl brysur yn cario bocsys dan eu ceseiliau. Byddai rhai yn dod i stop o flaen y wal chwith, ac yna estyn am bâr o adenydd a chodi i'r awyr, gan chwilio am ryw ddrôr coch arbennig. Wedyn bydden nhw'n agor y drôr, rhoi'r bocs ynddo a disgyn eto i'r llawr. Byddai eraill yn anelu at y wal dde a'r droriau glas. Byddai'r rhain yn tynnu rhywbeth bach o un o'r droriau a'i roi yn y bocs. Doedd Cadi ddim yn gallu gweld beth oedd y pethau. Dilynodd Dr ab Einion eu llygaid.

'Darnau arian i'w rhoi dan glustogau'r plant sydd yn y droriau glas,' meddai. 'Mae'r dannedd yn cael eu cadw yn y droriau coch.'

'A beth am y pethau 'na ar y waliau?' gofynnodd Cadi, gan bwyntio at y dyfeisiau hirgrwn. 'A'r bocsys, a'r desgiau a phopeth?'

'Gei di weld yn y man,' meddai Dr ab Einion.

'Be mae'r tylwyth teg yn neud efo'r holl ddannedd 'ma?' gofynnodd Mohammed.

'Cwestiwn da!' meddai Dr ab Einion. 'Yn yr hen ddyddiau drwg, roedd rhai o'r tylwyth teg yn croesi i'ch byd chi i hela bodau dynol, ac roedden nhw'n arfer cadw dant fel troffi, mae arna i ofn, i ddangos faint o bobol roedden nhw wedi'u lladd. Byddai rhai'n gwisgo'r dannedd am eu gyddfau fel mwclis, a daeth hyn yn ffasiynol. Arfer reit farbaraidd, wrth gwrs, ac ar ôl ymgyrchu brwd yn ystod teyrnasiad y Frenhines Banon, pasiwyd deddf yn erbyn hela pobol. Ond roedd llawer yn Annwfn eisiau dannedd yn eu gemwaith o hyd. Yr ateb oedd i gasglu dannedd plant – doedd y bobol yn eich byd chi ddim eisiau nhw, ac roedd rhai'n eu dinistrio rhag ofn bod gwrachod yn cael eu bachau arnyn nhw ac yn eu defnyddio yn eu melltithion. Syniad cwbl hurt, wrth gwrs, am nad oes ganddyn nhw unrhyw rinwedd hudol, ond dyna ni – ry'ch chi fodau dynol yn credu'r pethau rhyfeddaf weithiau! Felly dyma ni'n dechrau eu casglu a rhoi aur yn gyfnewid amdanyn nhw. Peth reit werthfawr ydy aur yn eich byd chi, ond dy'n ni ddim yn hoff iawn ohono, am fod gan y rhan fwyaf o dylwyth alergedd ato – fe welwch chi fod y rhai sy'n nôl y darnau arian o'r droriau yn gwisgo menig. Eto i gyd, mae aur yn cael ei greu fel sgil-gynnyrch i rai prosesau hudol, felly mae gyda ni ddigon ohono. Roedden ni'n arfer ei daflu i ffwrdd, ond sylweddolon ni ei bod yn bosib masnachu gyda chi.'

'Ond mae'n rhaid bod miloedd o ddannedd yn dŵad i Annwfn bob blwyddyn,' meddai Mohammed. 'Dwi erioed wedi gweld neb yn gwisgo nhw.'

'A,' meddai Dr ab Einion. 'Rwyt ti'n llygad dy le. Mae'r ffasiwn anffodus hwnnw wedi hen ddarfod, diolch i'r drefn. Ond mae'n gwyddonwyr ni wedi darganfod ffordd o ddefnyddio'r dannedd i greu deunydd defnyddiol iawn. Mae enamel dannedd yn hynod o galed, wyddoch chi? Datblygwyd proses yn y Labordy hwn, mewn gwirionedd, i ddefnyddio enamel yr holl ddannedd...'

Wrth i Dr ab Einion fynd i hwyl gyda'r esboniad hwn, roedd Mrs Tudur wedi bod yn syllu arno'n oeraidd. Nawr cliriodd ei llwnc yn swnllyd, gan dorri ar ei draws.

'Diddorol *iawn*, Caradog,' meddai mewn llais a awgrymai ei bod yn meddwl y gwrthwyneb. 'Efallai gallwch chi orffen y ddarlith hon rywbryd arall? Mae gyda ni waith i'w wneud.'

'Ym...' meddai Dr ab Einion, braidd yn syn, 'wrth gwrs, Bronwen.'

'Diolch,' meddai Mrs Tudur yn gwrteisi ffug i gyd. 'Dilynwch fi, blantos!'

Cerddodd i lawr y grisiau i lawr y siambr, a'r plant wrth ei chwt. Croeson nhw at y desgiau yn y pen arall. Roedd tylwythen deg fer, llond ei chroen, mewn oferôls gwyn yn aros amdanyn nhw. Roedd Cadi'n meddwl ei bod yn edrych yn gyfarwydd rywsut, ond allai hi ddim cofio ble roedd hi wedi ei gweld o'r blaen. Gwenodd hi'n nerfus ar y plant, ei bochau crwn yn cochi.

'Ym, croeso i chi,' meddai. 'Buddug yw'n enw i...'

'Ond gallwch chi'i galw hi'n Dr ferch Einion,' meddai Mrs Tudur, gan wgu ar y fenyw.

Dr ferch Einion? Wrth gwrs, meddyliodd Cadi. Doedd hi ddim wedi cwrdd â'r fenyw hon o'r blaen, ond roedd hi'n gyfarwydd iawn â'i brawd hi a oedd, mewn gwirionedd, yn sefyll ychydig lathenni i ffwrdd.

'Wrth gwrs!' meddai Dr ferch Einion, gan gochi hyd yn oed yn fwy.

'Dr ferch Einion,' meddai Mohammed yn frwd, 'mae'n anrhydedd eich cwarfod chi. Dwi wedi darllan am eich gwaith chi: arloesol iawn! Mae'ch damcaniaeth am gydddibyniaeth amgylcheddau gwahanol wastadoedd o fodolaeth yn...'

'Mohammed!' meddai Mrs Tudur yn llym. 'Dydy Dr ferch Einion ddim yma i wrando arnat ti'n parablu fel hyn! Rydym yma i weithio!'

Edrychodd Mohammed arni'n syn, ac yna codi ei law mewn ymddiheuriad a chamu'n ôl. Gwenodd Mrs Tudur yn ddihiwmor.

'Dr ferch Einion,' meddai.

Cliriodd honno ei llwnc.

'Iawn, dewch yma, blant.'

Aeth at un o'r desgiau, ac agor drôr ynddi. Roedd y drôr yn llawn allweddau pres rhyfedd yr olwg. Cododd un a chraffu arni trwy sbectol gron. Yna mi wthiodd hi i dwll yn yr offer ar ben y ddesg a mwmial ychydig eiriau drosti. Uwch eu pennau, goleuodd un o'r siapiau hirgrwn ar y wal, a gallen nhw weld ystafell wely plentyn. Dim ond un lamp oedd ynghyn ar y ford fach ar bwys y gwely, ond roedd digon o olau iddyn nhw weld pen merch fach flond ar y glustog My Little Pony.

'Chi'n rhoi *hidden cameras* yn stafelloedd plant?' meddai Tom Jarvis mewn anghrediniaeth. 'Ydy hynny ddim yn *illegal*?'

Gwgodd Mrs Tudur arno.

'Bachgen rhyfedd wyt ti,' meddai'n flin. 'Dwi erioed wedi clywed am *hidync amyrys* o'r blaen, na'r peth *ili* 'na chwaith. Rydyn ni wedi gosod llygaid bach mewn ambell stafell fel y gallwn ni'ch gwylio chi'n casglu dannedd, rhag ofn bod rhywbeth yn mynd o'i le. Byddwn yn eu tynnu unwaith eich bod wedi gwneud eich gwaith.'

Cododd Tom ei ysgwyddau, a gwthio ei wefus isaf allan yn bwdlyd.

'Esboniwch wrthon ni, Dr ferch Einion,' meddai Mrs Tudur, 'beth sy'n digwydd nesaf.'

'Rydyn ni wedi cysylltu'r stafell wely yma â Drws Chwech acw,' meddai Dr ferch Einion, gan bwyntio at y bocs pren pellaf ar y dde.

Sylwodd Cadi nad oedd y stribedyn uwchben y drws wedi'i oleuo.

'Bydd angen dau wirfoddolwr i fynd i mewn i gasglu'r dant o dan y glustog,' aeth Dr ferch Einion yn ei blaen. 'Bydda i yma yn eich gwylio, a byddaf yn dod i'r adwy os oes problem.'

Roedd yna dawelwch. Doedd neb eisiau mynd yn gyntaf, ddim hyd yn oed Mohammed.

'Aiff Cadi a Heledd,' meddai Mrs Tudur, 'a fi fydd yn eu goruchwylio.'

6

Y Gath

AETH DR FERCH Einion â Cadi a Heledd at Ddrws Chwech. Y tu fewn, roedd yna ystafell fechan, fawr mwy na bwth tynnu lluniau pasbort yn y Swyddfa Post. Gallen nhw weld porth rhwng y bydoedd yn y cefn a arweiniai at ystafell wely'r ferch â'r glustog My Little Pony. Ar silff ar y chwith roedd dau bâr o fenig, dau bâr o freichledi plaen, dau focs pren, a dwy daflen.

'Bydd rhaid i chi dynnu'ch breichledi metel deallus,' meddai Dr ferch Einion, 'a gwisgo'r rhai sydd ar y silff. Maen nhw wedi'u gosod fel y byddwch yn llai o dipyn yn eich byd chi na rydych chi fel arfer. Mae'r plentyn yn llai tebygol o'ch gweld chi wedyn, a chewch chi guddio'n hawdd os daw oedolyn i'r ystafell yn ddirybudd. Byddwch chi'n teimlo braidd yn rhyfedd wrth groesi trwy'r porth wrth i chi newid maint, ond fydd e ddim yn brifo.'

Estynnodd hi'r menig iddyn nhw.

'Gwisgwch y rhain rhag ofn ichi gael adwaith

alergaidd wrth drin yr arian. Dylech chithau fod yn iawn, am eich bod yn dod o'r Byd Arall ac wedi arfer cyffwrdd â'r stwff, ond dy'ch chi byth yn gwybod. Mae un o'r bocsys yn cynnwys y darn arian, a byddwch yn rhoi'r dant yn y llall. Wrth gwrs, mae'n bwysig bod y darn arian ei hunan ddim yn mynd yn llai, felly mae'r bocs yna'n cynnwys math arall o fetel deallus fel ei fod yn aros fel mae e ar hyn o bryd wrth i chi groesi. Bydd rhaid i chi fod yn barod iddo fynd yn drwm iawn yn sydyn! Bydd Mrs Tudur yn eich gwylio trwy'r llygad sydd wedi'i osod yn ystafell y plentyn, ac yn dod i'ch achub chi os aiff unrhyw beth o'i le. Mae'n siŵr na fydd! Byddwch chi'n iawn.'

Gwenodd arnyn nhw yn siriol, ond gallai Cadi weld ei bod hi braidd yn nerfus. Cododd y taflenni o'r silff a'u rhoi i'r ddwy ferch.

'Dyma ychydig fanylion am y tŷ a'r teulu,' meddai. 'Go brin bydd rhaid i chi boeni am unrhyw beth yma, ond mae'n rhaid bod yn saff. Rydyn ni wedi dewis un eitha hawdd, wrth gwrs. Yr unig beth dylech chi fod yn ymwybodol ohono fe, am wn i, yw bod cath yn byw yn y tŷ. Ond mae'n annhebygol y byddwch chi'n ei gweld hi... Pob lwc i chi!'

'Ym, diolch,' meddai Cadi, ychydig yn nerfus.

'O,' meddai Dr ferch Einion, 'bron i fi anghofio dweud! Os yw'r dant yn digwydd bod o dan ben y plentyn ac yn pallu symud, peidiwch ceisio ei gasglu. Dewch yn ôl, ac anfonwn ni rywun mwy profiadol. Mae'n bosib defnyddio swyn codi ar y pen o dan amgylchiadau felly, ond mae'n gallu bod yn beryglus, i'r tylwythyn a'r plentyn, oni bai eich bod yn gwybod beth y'ch chi'n neud! Iawn, bant â chi!'

Ac aeth hi'n ôl i'r siambr, gan gau'r drws y tu ôl iddi. Edrychodd Cadi yn frysiog ar Heledd, oedd yn welw. Tynnodd y ddwy ferch eu breichledi, a gwisgo'r rhai newydd. Yna gwisgon nhw fenig a chodi bocs yr un. Petrusodd Cadi, gan edrych ar Heledd. Tynnodd honno wep hyll arni. Rowliodd Cadi ei llygaid.

'C'mon,' meddai'n swta, a chamu trwy'r porth.

Roedd hi'n hen gyfarwydd erbyn hyn â'r pigiadau bach a deimlai wrth groesi rhwng y bydoedd, ond y tro hwn roedd yn hollol wahanol i unrhyw beth roedd hi wedi'i deimlo o'r blaen. Roedd yn debyg i fod ar *rollercoaster*, ond deg gwaith yn waeth. Teimlai fel petai ei stumog wedi'i adael yn bell y tu ôl iddi, ac roedd ei chlustiau yn llawn o'r synau rhyfeddaf. Roedd hi fel petai o dan y dŵr yn y pwll nofio ac yn gwrando ar floeddio a chwerthin y plant eraill oedd uwchben y dŵr – popeth yn aneglur ac yn dod o bob cyfeiriad. Ar yr un pryd, teimlai bwysau ofnadwy yn ei sinysau.

Fel roedd Dr ferch Einion wedi rhybuddio, aeth y bocs roedd hi'n ei gario yn drwm ofnadwy mwya sydyn, a bron iawn iddi ei ollwng. Caeodd ei llygaid am fod yna ruthr gwyllt o liwiau aneglur a wnâi iddi deimlo'n benysgafn. Ond mor sydyn ag y daeth, dyna'r teimlad rhyfedd yn diflannu. Agorodd ei llygaid yn ofalus. Roedd hi wedi baglu wrth groesi, ac ar ei chwrcwd ar arwyneb caled a llyfn. Roedd y bocs wrth ei hochr, yn edrych yn anferthol. O'i blaen, roedd yna ddibyn serth, ac ymhell odani roedd llawr yr ystafell. Baciodd i ffwrdd o'r dibyn, a theimlo ei chefn yn cyffwrdd â rhywbeth. Trodd i weld rhes o lyfrau lliwgar y tu ôl iddi, yn codi'n uchel uwch ei phen. Roedd hi'n amlwg ei bod yn sefyll ar silff lyfrau. Dyfalai ei bod tua'r un maint â llygoden. Gyferbyn â hi roedd y gwely, a'r ferch fach benfelen yn cysgu fel hwch. Roedd hi tua'r un oedran â Gethin, meddyliodd Cadi.

Clywodd sŵn y tu ôl iddi, a dyma Heledd yn gwegian yn ei hymyl, wedi gollwng ei bocs. Estynnodd law i'w sadio hi, ond gwthiodd Heledd hi i ffwrdd gan syllu arni'n gas. Ochneidiodd Cadi'n uchel, a dyma Heledd yn ei shwshio yn ffyrnig. Anwybyddodd Cadi hi, a thynnu ei hadenydd o'i phoced. Gwnaeth Heledd yr un peth, a dyma'r ddwy ferch yn neidio o'r silff, a hedfan i'r bwrdd yn ymyl y gwely. Roedd y ddwy'n hedfan yn hyderus – yn wir, nhw oedd y gorau yn yr ysgol.

Arhoson nhw'n llonydd wedyn i asesu'r sefyllfa. Roedd pen y ferch ar ganol y glustog – doedd hyn ddim yn mynd i fod yn hawdd. Gwnaeth Cadi ystum ar Heledd i ddweud wrthi am aros, ac yna hedfanodd hi i'r gwely. Cododd ymyl y glustog gan ddefnyddio swyn syml i'w chadw i fyny. Yna creodd belen o oleuni ac edrych odani.

I ddechrau, doedd hi ddim yn gallu gweld dim, ond yna sylweddolodd fod y dant yna, o dan y pen. Mentrodd o dan y glustog. Roedd hi'n anodd cerdded ar y matras meddal. Roedd rhaid iddi hi gyrcydu, ac yna cropian. O'r diwedd, roedd hi'n ymlusgo ar ei bola, ond doedd hi ddim cweit yn gallu cyrraedd y dant. Clywodd sŵn y tu ôl iddi. Roedd Heledd wedi anwybyddu ei gorchymyn i aros ar y bwrdd ymyl y gwely ac wedi hedfan ati.

'Be ti'n neud?' sibrydodd Heledd yn flin.

'Mae'r dant yma,' meddai Cadi. 'Dwi bron â'i gyrraedd e.'

'Gad e,' hisiodd Heledd. 'Cofia be ddwedodd Dr ferch Einion. Rhaid i ni fynd yn ôl i ddweud ei bod hi'n rhy anodd.'

'Aros,' meddai Cadi.

Roedd hi'n benderfynol o gyrraedd y dant. Trodd ei chefn ar Heledd, ac ymestyn amdano unwaith eto. Yn sydyn, teimlodd law yn cydio yn ei migwrn. Roedd Heledd yn ceisio ei thynnu hi'n ôl.

'Gad fi fynd, Heledd!' gwaeddodd.

'Dere'n ôl!' meddai Heledd. 'Mae'n rhy beryglus!'

Roedden nhw wedi anghofio am fod yn dawel. Yn sydyn, clywon nhw ochenaid fel taran oddi uchod, a theimlai Cadi'r glustog yn gwasgu arni. Roedd y ferch yn symud yn ei chwsg! Gwyddai'n iawn na fyddai'r swyn yn para am amser hir. Cropiodd am yn ôl mor gyflym â phosib, a sgrialu allan. Y tu ôl iddi, roedd y bwlch roedd hi wedi agor rhwng y gwely a'r glustog wedi'i gau'n llwyr. Roedd y ferch ar ei hochr yn eu hwynebu, a gallen nhw weld ei llygaid hi'n symud y tu ôl i'w hamrantau.

'Sdim modd cyrraedd y dant nawr,' meddai Heledd dan ei gwynt. 'Dere!'

Ond doedd Cadi ddim yn barod i roi'r gorau i'r ymdrech eto.

'Falle o'r ochr arall,' meddai.

'Cadi!' hisiodd Heledd. 'Dere'n ôl ar unwaith!'

Ei hanwybyddu wnaeth Cadi. Y funud nesaf, clywodd hi Heledd yn llafarganu y tu ôl iddi. Trodd i weld Heledd yn dod ati, gan geisio ei tharo â'i hudlath. Roedd hi'n amlwg ei bod hi'n ceisio bwrw swyn arni! Gafaelodd ym mraich Heledd, a dyna lle roedd y ddwy yn reslo ar ymyl y matras. Golchodd ton o ddicter dros Cadi, a dyma hi'n gwthio Heledd i ffwrdd ac estyn am ei hudlath ei hunan. Defnyddiodd honno i sianelu ei dicter a'i yrru i gyfeiriad Heledd, gan fwriadu ei bwrw hi'n ôl. Yn anffodus, methodd. Dyma'r swyn yn taro'r lamp ar y ford wrth ymyl y gwely a'i bwrw i'r llawr gyda chlec. Agorodd y ferch yn y gwely ei llygaid a gweld Heledd a Cadi, wedi'u rhewi yn eu hunfan. Cododd ar ei heistedd mewn braw.

'Mam! Mam!' sgrechiodd nerth esgyrn ei phen. 'Ma pobol fach yn fy ngwely i!'

Edrychodd Heledd a Cadi ar ei gilydd mewn arswyd.

'Be 'nawn ni?' gofynnodd Cadi.

'Dere!' gwaeddodd Heledd, gan gydio yn llaw Cadi a neidio o ochr y gwely.

Fflapiodd y ddwy eu hadenydd a glanio ar y carped braidd yn drwsgl. Roedd y plentyn yn y gwely yn gweiddi o hyd. Clywodd y ddwy ferch lais menyw o ochr arall y drws.

'Be sy'n bod, cariad?'

'Mam! Mam!'

'Ocê, ocê,' meddai'r fenyw, gan swnio ychydig yn flin. 'Dwi'n dod nawr. Dal sownd!'

Gallen nhw glywed sŵn traed yn dod lan staer.

'Dere 'ma, glou!' meddai Heledd wrth Cadi, oedd yn sefyll yn ei hunfan fel petai wedi'i hoelio i'r llawr.

Llusgodd Heledd hi o dan y gwely, wrth i ddrws yr ystafell agor. Gallen nhw weld pâr o draed anferthol mewn sliperi pinc yn dod i mewn. Llifodd golau llachar dros yr ystafell wrth i'r prif olau gael ei droi ymlaen.

'Waw, Llinos,' meddai'r fenyw. 'Beth yn y byd ti 'di bod yn neud?'

Plygodd i godi'r lamp o'r llawr.

'Dwi ddim 'di neud dim byd,' meddai'r ferch yn daer. 'Y bobol fach oedd e!'

'Pwy bobol fach?' meddai ei mam.

'Sai'n gallu gweld nhw nawr,' meddai'r ferch, 'ond ro'n nhw yma gynne, onest.'

Ochneidiodd y fam.

'Ocê, cariad,' meddai, 'bydd yn ofalus tro nesa. Mae'n

hwyr i ti chwarae gemau. Cer i gysgu, neu fydd y dylwythen deg ddim yn dod i gasglu dy ddant!'

'Mam!' meddai'r ferch, wedi'i chyffroi'n lân. 'Falle taw tylwyth teg oedd y bobol fach! Dwi'n credu bod adenydd 'da nhw!'

'Ti a dy ddychymyg!' chwarddodd ei mam, gan ddiffodd y golau mawr.

Teimlodd Cadi don o ryddhad. Byddai'n rhaid iddyn nhw aros i'r ferch fynd i gysgu, ac wedyn gallen nhw ddianc yn ôl i Annwfn. Ond wrth i'r fam agor y drws i fynd, llifodd cysgod tywyll trwyddo'n ddistaw heb iddi sylwi. Roedd ganddo lygaid mawr crwn fel lampau, a thafod binc rhwng dannedd miniog. Y gath! Caeodd y fam y drws, gan eu carcharu yn yr ystafell gyda hi. Gobaith Cadi oedd y byddai'r ferch yn sylwi ar y creadur a galw ar ei mam i'w rhyddhau, ond wnaeth hi ddim. Rhaid ei bod hi wedi dilyn cyngor ei mam a chau ei llygaid ar unwaith.

Prowliodd y gath dros yr ystafell ar draed tawel, gan sniffian y llawr. Roedd ei chynffon yn chwipio o un ochr i'r llall. Roedd hi'n amlwg ei bod wedi sylwi ar rywbeth gwahanol yn yr ystafell. Trodd ei hwyneb i gyfeiriad y gwely. Rhewodd y ddwy ferch mewn braw. Hisiodd y gath yn isel. Roedd y blew ar ei chefn wedi codi. Roedd hi wedi eu gweld nhw. Roedd coesau Cadi'n crynu, ac roedd ei cheg yn sych. Yn sydyn, gwichiodd Heledd a sgrialu am y bwrdd wrth ochr y gwely. Neidiodd y gath ar ei hôl, ond roedd Heledd yn rhy glou. Diflannodd hi o dan y bwrdd jyst mewn pryd. Roedd y bwlch rhyngddi a'r llawr yn rhy fach i'r gath. Gwthiodd ei phawen odani cwpl o weithiau, ac yna rhoi'r gorau iddi. Trodd i wynebu Cadi. Rhedodd Cadi am ei bywyd. Ei bwriad oedd dod allan o dan y gwely fel y gallai hedfan i'r awyr i ddianc, ond roedd y bwystfil yn rhy gyflym iddi. Neidiodd arni fel fflach, a'i dal o dan ei dwy bawen. Doedd Cadi ddim yn gallu symud modfedd. Gwaeddodd am help ar dop ei llais, ond y cwbl ddaeth allan oedd rhyw wichian tenau. Syllodd mewn braw wrth i geg fawr binc y gath a'i dannedd fel cyllyll ddod ati, nes llenwi ei byd.

7

Y Swyn Rheoli

Caeodd Cadi ei llygaid yn dynn. Teimlodd safn y gath yn cau am ei chorff. Cafodd ei chodi i fyny fry, ond er ei bod wedi'i dal yn gadarn gan y dannedd, doedd y gath ddim yn ei brifo. Cofiai weld cath Cadi Ddu yn chwarae gyda llygoden roedd wedi'i dal unwaith, yn ei thaflu i'r awyr ac yn ei dal unwaith eto; yn gadael iddi redeg yn rhydd, ond i neidio arni unwaith yn rhagor. Roedd hi wedi bod yn ofalus iawn i beidio â brifo'r creadur – i ddechrau, beth bynnag – ond marwolaeth fu tynged y llygoden druan yn y pen draw. Roedd rhaid i Cadi ddianc! Ond sut? Roedd y gath yn ei hysgwyd yn ddidrugaredd, ac roedd ei phen yn troi. Roedd wedi hen ollwng ei hudlath.

'Heledd!' gwaeddodd. 'Heledd! Help!'

Yn sydyn, roedd yna glec, a gwelodd wreichion coch, gwyrdd a phiws yn tasgu dros y lle. Gwichiodd y gath a gollwng Cadi yn syth. Disgynnodd yn glewt ar y carped. Gallai glywed oglau ffwr wedi llosgi. Roedd y gath wedi ffoi i gornel yr ystafell. Gwelodd Cadi Dr ferch Einion yn sefyll o'i blaen gyda hudlath yn ei llaw, a Mrs Tudur y tu ôl iddi yn pwyntio ei hudlath hi i gyfeiriad y gath. Estynnodd Dr ferch Einion ei llaw arall i'w helpu ar ei thraed.

'Wyt ti 'di cael dolur?' gofynnodd.

Ysgydwodd Cadi ei phen.

'Ym… na, sai'n credu', meddai'n sigledig.

Roedd y ffrwydrad wedi dihuno'r plentyn eto. Roedd hi wedi codi ar ei heistedd ac agor ei cheg i weiddi, ond cyn iddi gael cyfle, dyna Mrs Tudur yn hedfan ati a'i bwrw yn ysgafn ar ei thrwyn a'i hudlath. Roedd cawod o wreichion melyn, a chwympodd y plentyn ar ei hyd ar y gwely. Llanwyd yr ystafell â sŵn chwyrnu. Yna, trodd Mrs Tudur ei golygon ar y gath, oedd wedi bacio i'r gornel, ei gwrychyn wedi codi, ac yn nadu'n druenus. Tynnodd Mrs Tudur rywbeth o'i phoced a'i daflu i gyfeiriad y creadur, gan greu wal dryloyw o'i chwmpas. Pylwyd y sŵn ar unwaith. Glaniodd Mrs Tudur ar y carped wrth ymyl Cadi a Dr ferch Einion. Roedd ei hwyneb yn goch, a'i llygaid yn llawn dicter.

'Beth yn y byd sy'n mynd ymlaen yma?' gwaeddodd.

Agorodd Cadi ei cheg, ond torrodd Mrs Tudur ar ei thraws.

'Does dim amser i ti esbonio nawr,' meddai, 'ond paid becso: mi fydd digon o amser unwaith byddwn ni'n ôl yn yr ysgol. Ble mae Heledd Bowen?'

'Yma, Miss,' meddai Heledd mewn llais bach.

'Dere yma ar unwaith!' sgyrnygodd Mrs Tudur.

Daeth Heledd yn ddof i sefyll wrth ei hymyl.

'Dr ferch Einion,' taranodd Mrs Tudur, 'arhoswch yma i gymennu'r llanast 'ma. Man a man i chi gasglu'r dant hefyd. Af i â'r ddwy yma'n ôl i'r ysgol i ddelio â nhw.'

Hedfanodd at y porth, gan ystumio ar Cadi a Heledd i'w dilyn. Taflodd Cadi gip sydyn ar Heledd. Syllodd honno yn ôl, ei llygaid yn llawn casineb.

'Dy fai di yw hyn i gyd,' hisiodd.

Agorodd Cadi ei cheg i ateb, ond dyma lais Mrs Tudur oddi uchod:

'Dewch ymlaen, ferched!'

Dilynodd y ddwy hi'n anfoddog. Roedd Cadi'n teimlo'n sâl wrth ddychmygu beth fyddai canlyniad hyn. A fyddai hi'n cael ei diarddel o'r ysgol y tro 'ma?

***

Awr yn ddiweddarach, roedd Cadi a Heledd yn sefyll yn swyddfa'r Prifathro. Roedd yr ystafell yr un mor anniben ag erioed – prin y gallen nhw weld yr Athro Garwyn y tu ôl i'r pentyrrau simsan o lyfrau ar ei ddesg. Pwysai yn ôl yn ei gadair gan yfed te o fŵg 'Cofiwch Dryweryn', wrth wrando'n dawel ar adroddiad hirwyntog Mrs Tudur ar gamweddau'r ddwy ferch. Rhedodd y wiwer ddu o gwmpas y swyddfa, gan neidio o un silff lyfrau i'r llall. Roedd Mrs Tudur yn tynnu at ddiwedd ei haraith.

'Dwi erioed wedi gweld ymddygiad fel hyn yn fy myw, Prifathro,' dywedodd.

Roedd tawelwch am eiliad. Yna creciodd cadair yr Athro Garwyn wrth iddo sythu. Rhoddodd ei fŵg ar gornel y ddesg.

'Diolch, Bronwen,' meddai. 'Trylwyr iawn.'

Trodd ei olygon at Cadi a Heledd.

'Ydy adroddiad Mrs Tudur yn adlewyrchu'r hyn ddigwyddodd, yn eich barn chi?' gofynnodd.

Agorodd Cadi ei cheg i'w ateb, ond torrodd Heledd ar ei thraws.

'Bai Cadi oedd e, Prifathro,' meddai. 'Dylai hi fod wedi gadael pan ddwedais i.'

Edrychodd yr Athro Garwyn arni â'i lygad glas fel plu glas y dorlan. Edrychodd Heledd yn anghyfforddus a sychodd ei geiriau.

'Nid gofyn am fai oeddwn i,' meddai yr Athro Garwyn yn ddigynnwrf, 'ond am yr hyn ddigwyddodd. Wyt ti, Heledd, a tithau, Cadi, yn cytuno bod Mrs Tudur yn ffeithiol gywir?'

Nodiodd Heledd yn anfoddog.

'Ydw, Prifathro,' mwmialodd.

'Cadi?' gofynnodd yr Athro Garwyn.

'Ydw, Prifathro,' meddai hithau, gan feddwl yn ddigalon am ei thynged.

Roedd ymateb y Prifathro yn hollol annisgwyl.

Dechreuodd chwerthin yn galonnog. Doedd Cadi erioed wedi ei glywed yn chwerthin o'r blaen. Roedd y sŵn fel tonnau mawr yn torri ar draeth pell.

'Am antur!' meddai. 'Gobeithio bod y ddwy ohonoch chi wedi dysgu gwersi o'ch profiad. Efallai,' ychwanegodd, 'bod Mrs Tudur wedi dysgu rhywbeth hefyd. Dy'n ni byth yn rhy hen i ddysgu, ydyn ni, Bronwen?'

Syllodd Mrs Tudur arno'n gegrwth.

'Prifathro!' meddai. 'Beth y'ch chi'n feddwl?'

Edrychodd yr Athro Garwyn arni'n graff.

'Trafodwn ni hyn eto, Bronwen,' meddai. 'Am y tro, ry'ch chi'n rhydd i fynd.'

'Ydych chi ddim yn mynd i gosbi'r merched o gwbl?' gofynnodd Mrs Tudur mewn anghrediniaeth.

'Dwi ddim yn credu bod angen cosb, Bronwen,' meddai'r Prifathro. 'Dwi'n siŵr bod y ddwy yn gwybod yn iawn eu bod wedi gwneud pethau na ddylen nhw, ac na fyddan nhw'n eu gwneud eto. Roedden nhw mewn sefyllfa anodd, ac mae'r ddwy wedi cael ysgytwad.'

Allai Cadi ddim credu ei lwc. Dyna'r ail dro i'r Athro Garwyn ei gadael yn rhydd o'i swyddfa heb ei chosbi. Roedd Mrs Tudur, ar y llaw arall, yn gandryll.

'Wel, Prifathro,' meddai, 'dwi'n gwybod eich bod chi'n chwilio am ochr orau pawb bob tro, ond dwi'n credu eich bod yn gwneud camgymeriad mawr.'

'Dwi'n gwybod eich bod yn credu hynny, Bronwen,'

meddai'r Athro Garwyn. 'Rhydd i bawb ei farn, yntê? Ond fi sy'n penderfynu yn yr achos hwn.'

Nodiodd ar Mrs Tudur, gan aros iddi fynd, ond safodd honno yn stond a chlirio ei llwnc.

'Prifathro, ydych chi'n gwybod pa swyn oedd merch Gwern Bowen yn ceisio ei fwrw ar y llall?'

Cododd yr Athro Garwyn ael, ond ddywedodd e ddim gair.

'Swyn Rheoli!' meddai Mrs Tudur.

Taflodd Cadi gip ar Heledd. Roedd honno'n welw, ond roedd golwg styfnig ar ei gwep. Doedd Cadi erioed wedi clywed sôn am Swyn Rheoli o'r blaen, er y gallai ddyfalu'n fras beth fyddai ei effaith. Fodd bynnag, roedd tôn llais Mrs Tudur, a'r ffordd y sythodd y Prifathro yn ei gadair yn ddigon i ddweud wrthi fod Heledd mewn trwbl.

'Cadi,' meddai'r Athro Garwyn mewn llais tawel, 'rwyt ti'n rhydd i fynd.'

'Ym, diolch, syr,' meddai Cadi, a gadael ar unwaith.

Oedodd y tu allan i'r swyddfa. Roedd hi ar dân eisiau gwybod mwy am y Swyn Rheoli, a pham ei fod mor ddifrifol. Chafodd hi mo'i siomi, achos gallai glywed llais Mrs Tudur yn glir trwy'r drws.

'Ddim yn yr ysgol hon ddysgodd hi rywbeth felly,' meddai. 'Rhaid ei bod wedi cael gwersi gyda Cacwn Cêt!'

'Diolch, Bronwen,' meddai'r Athro Garwyn, a thinc

diamynedd yn ei lais. 'Cewch chithau fynd nawr hefyd. Bydda i'n siarad â Heledd ar ei phen ei hunan.'

'Wrth gwrs, Prifathro,' meddai Mrs Tudur yn swta.

Gwyddai Cadi y byddai'r drws yn agor unrhyw funud, felly rhuthrodd i ffwrdd, ond prin dwy lathen roedd hi wedi symud pan ddaeth Mrs Tudur allan a'i gweld.

'Miss Williams,' meddai'n gas, 'paid tindroi yma. Clywest ti'r Prifathro. Cer o 'ma, a bydd yn ddiolchgar ei fod e mor drugarog!'

Trodd a stampio i ffwrdd mewn tymer. Arhosodd Cadi iddi droi cornel, ac wedyn, ar ôl taflu cipolwg dros ei hysgwydd, aeth yn ôl yn dawel bach i gyfeiriad drws yr Athro Garwyn, gan obeithio clywed rhagor am y Swyn Rheoli. Roedd hi'n gallu clywed llais y Prifathro, ond roedd yn rhy dawel iddi glywed y geiriau'n glir. Plygodd yn ei blaen nes bod ei chlust bron â chyffwrdd â phren y drws. Yna, clywodd lais cyfarwydd y tu ôl iddi a wnaeth iddi neidio.

'Cadi! Beth wyt ti'n neud fan hyn?'

Trodd i weld Miss Henwen yn sefyll yn y coridor. Neidiodd calon Cadi mewn gobaith. Oedd hi'n dod yn ôl atyn nhw? A fyddai hynny'n golygu y byddai'r hen Mrs Tudur yn mynd? Ond rywsut roedd Miss Henwen yn edrych yn wahanol i sut roedd Cadi yn ei chofio hi. Yn lle ei dillad lliwgar arferol, roedd hi'n gwisgo cot ddu blaen, ac roedd ei gwallt melyn yn flêr. Roedd ei hwyneb pert yn welw, ac roedd pantiau tywyll o gwmpas ei llygaid gwyrdd.

'Miss Henwen!' meddai Cadi. 'Ni 'di gweld isie chi!'

Gwenodd Miss Henwen yn wan.

'Diolch, Cadi,' meddai. 'Dw innau wedi gweld eich eisiau chithau hefyd!'

'Ydych chi'n dod 'nôl?' gofynnodd Cadi.

Ysgydwodd Miss Henwen ei phen yn drist.

'Ddim eto,' meddai.

Y funud honno, daeth Eso y gogyddes heibio.

'Awel,' meddai, gan roi ei llaw ar ysgwydd Miss Henwen. 'Mae'n ddrwg iawn gen i glywed am dy chwaer di. *Refiko esi*. Sut wyt ti, bach?'

'Diolch,' meddai Miss Henwen, a'i llais yn gryg. 'Dwi'n iawn, ti'n gwbod.'

Trodd ei phen i ffwrdd a sychu ei hwyneb â'i llawes. Gwasgodd Eso ei hysgwydd yn dyner. Y funud honno, agorodd drws swyddfa'r Athro Garwyn, a daeth Heledd allan. Roedd yr Athro Garwyn gyda hi.

'Cofia fi at dy fam, Heledd,' meddai.

Yna, gwelodd e'r olygfa yn y coridor.

'Awel,' meddai, 'dere mewn. Ymddiheuriadau am dy gadw di.'

Aeth Miss Henwen i mewn i swyddfa Athro Garwyn. Syllodd Heledd yn gas ar Cadi, ac wedyn cerddodd bant heb ddweud gair. Roedd Cadi ac Eso'r gogyddes ar eu pennau eu hunain.

'Miss Henwen druan,' meddai Eso, gan ysgwyd ei phen.

'Beth ddigwyddodd i'w chwaer hi?' gofynnodd Cadi.

'Buodd hi farw,' meddai Eso. 'Trist iawn. Dwi'n cofio cwrdd â hi unwaith. Eirlys oedd ei henw hi: enw addas iawn. Roedd hi'n ferch hyfryd iawn, yn union fel ei chwaer.'

'S- sut buodd hi farw?' gofynnodd Cadi.

'Roedd hi wedi mynd yn ôl i Lyn Bedw i weld ei mam,' meddai Eso. 'Roedd sgarmes rhwng Gwarchodlu'r Weriniaeth a rhai o gefnogwyr Cacwn Cêt oedd wedi meddiannu'r hen felin. Ga'th Eirlys druan ei dal yn y canol, a buodd hi farw o'i hanafiadau. Mae'n debyg bod un o filwyr y Gwarchodlu wedi'i tharo â'i ffon dân ar ddamwain. Mae'r teulu wedi derbyn ymddiheuriad swyddogol, ond mae Miss Henwen wedi'i llorio'n llwyr, fel ti'n gweld. Roedd hi'n agos iawn at ei chwaer. Dwi ddim yn credu y bydd hi'n ôl yn y gwaith am dipyn eto.'

8
Ffraeo

'So Heledd Bowen 'di newid dim, 'de,' meddai Tractor. 'Trial rhoi'r bai i gyd arnat ti – ofnadwy!'

Roedd hi a'r ddwy Cadi ar y bws ar y ffordd yn ôl i Lanfair, ac roedd Cadi Goch newydd orffen adrodd hanes ei hantur. Agorodd ei cheg – roedd hi wedi bod yn ddiwrnod llawn.

'A trial bwrw'r swyn bechingalw arnat ti, hefyd,' aeth Tractor yn ei blaen.

'Y Swyn Rheoli,' meddai Cadi Goch.

'Ie, 'na ni,' meddai Tractor. 'Beth yw e? Pam bo' fe mor wael?'

Cododd Cadi Goch ei hysgwyddau.

'Sai'n gwbod,' meddai.

'Swyn i wneud i bobol wneud beth bynnag ti moyn iddyn nhw wneud,' meddai llais Tom Jarvis.

Neidiodd Cadi Goch. Doedd hi ddim wedi sylwi ei fod e'n gwrando.

'Ma hynny yn erbyn cod y tylwyth teg,' ychwanegodd.

'Y be?' gofynnodd Tractor.

'Pan ma tylwythyn teg yn gorffen dysgu hud, ma fe'n neud rhyw *oath* i ddilyn y cod,' meddai Tom. 'Bydd rhaid i ni neud pan ni'n gadael yr ysgol.'

'Shwt ti'n gwbod hynny?' gofynnodd Tractor.

'Dwi'n gwrando,' meddai Tom.

Cochodd Tractor.

'Wel,' meddai'n flin, 'weithiau ti'n gwrando gormod. Sgwrs breifat o'n ni'n cael cyn i ti roi dy big mewn.'

'*Fine*,' meddai Tom yn bwdlyd, a throi ei gefn arnyn nhw i edrych trwy'r ffenest.

'Paid becso am Tractor, Tom,' meddai Cadi Goch.

Roedd hi eisiau clywed mwy am y Swyn Rheoli, ond roedd Tom wedi rhoi clustffonau dros ei glustiau ac roedd yn ei hanwybyddu.

'Tractor!' meddai Cadi Goch. 'Drycha be ti 'di neud nawr!'

'Beth?' meddai Tractor. 'Ni ddim angen e, beth bynnag. Gofynnwn ni i Mohammed fory. Ma fe'n bownd o wbod popeth am yr hen swyn 'na.'

Edrychodd Cadi Goch ar Cadi Ddu, gan obeithio cael rhyw gefnogaeth, ond roedd honno hefyd yn syllu trwy'r ffenest. Sylweddolodd Cadi Goch ei bod hi wedi bod yn dawel iawn. Yn wahanol i Tractor, oedd wedi bod yn barod iawn ei barn, doedd hi ddim wedi dweud dim am yr hyn oedd wedi digwydd i Cadi Goch a Heledd. Beth oedd yn digwydd yn ei phen hi?

***

'Mae Tom yn iawn,' meddai Mohammed amser egwyl bore drannoeth. 'Mae rheoli ewyllys rhywun arall yn hollol groes i god y tylwyth teg. Dwi ddim yn synnu bod Mrs Tudur mor flin.'

'Ond so Heledd Bowen wedi cael dim cosb, hyd y gwela i,' meddai Tractor.

Roedd Cadi Goch wedi hanner disgwyl na fyddai Heledd yn yr ysgol o gwbl, ond dyna lle roedd hi yn eu gwers gyntaf gyda Miss Cilcoed, y Ddirprwy Brifathrawes. Roedd hi yn yr iard nawr hefyd, ar ei phen ei hunan, fel arfer, ers i'w chynffonwyr gefnu arni hi. Roedd ei thrwyn mewn llyfr fel na fyddai'n rhaid iddi edrych ar neb. Ysgydwodd Tractor ei phen.

'Dwi ddim yn cytuno â Mrs Tudur fel arfer,' meddai, 'ond yn yr achos 'ma dwi'n credu bod hi'n llygad ei lle. Dylai Heledd fod wedi'i chael hi am hyn.'

'Ella bod y Prifathro'n trio bod yn ffeind efo Heledd am fod ei thad hi yn jêl,' meddai Mohammed.

Wfftiodd Tractor.

'A pwy sy ar fai am hynny?' meddai. 'Sdim sympathi 'da fi i Gacwn Cêt.'

'Ddim Heledd sy ar fai,' meddai Cadi Ddu, yn annisgwyl.

Doedd hi ddim wedi cyfrannu at y sgwrs o gwbl hyd yn hyn, ond roedd ei llais yn llawn teimlad.

'Dim ond plentyn yw hi, yn neud beth bynnag mae ei thad yn gweud wrthi am neud,' aeth hi yn ei blaen. 'A nawr sneb yn siarad â hi. Mae'n annheg.'

Edrychodd y lleill arni gan synnu at yr angerdd yn ei haraith fer. Agorodd Tractor ei cheg i'w hateb, ond torrodd Mohammed ar ei thraws.

'Mae Cadi'n iawn, 'wch chi. Ddyla ei thad ddim fod wedi'i llusgo hi i mewn i'r busnas. Fo ydy'r dihiryn, heb os. Roedd hi...'

Stopiodd yng nghanol brawddeg, a gwgu. Pan siaradodd eto, roedd ei lais e'n fyfyriol.

'Dwi newydd feddwl am rwbath: dwyt ti ddim yn medru neud Swyn Rheoli jyst fel 'na. Rhaid paratoi o flaen llaw. Mae hynny'n golygu bod Heledd yn bwriadu defnyddio'r swyn ar Cadi cyn iddyn nhw fynd i gasglu'r dannadd. Rhaid bod hi wedi neud y paratoada'r noson gynt. Ond pam?'

Doedd gan neb gynnig. Roedd tawelwch am eiliad.

'Hen dro am chwaer Miss Henwen,' meddai Mohammed o'r diwedd.

Nodiodd pawb.

'Am faint bydd hi off gwaith?' gofynnodd Tractor. 'Alla i ddim godde Mrs Tudur am lot mwy.'

'Dwi ddim yn gwbod,' meddai Cadi Goch. 'Roedd hi'n

edrych yn ofnadw, a dechreuodd hi grio pan soniodd Eso am ei chwaer.'

'Dwi ddim yn credu byswn i mor drist â hynny 'se'n chwaer i'n marw,' meddai Tractor. 'Mae'n reit *annoying* y rhan fwya o'r amser.'

'Paid deud hynny, Tractor,' meddai Mohammed yn siarp. 'Ti ddim yn gwbod be ti'n siarad amdano.'

Edrychodd Tractor arno'n syn.

'Dim ond jôc, Mo,' meddai.

'Wel doedd o ddim yn ddoniol,' sgyrnygodd Mohammed. 'Dewch! Mae'n amsar mynd.'

A bant ag e heb aros i weld oedd y lleill yn ei ddilyn. Edrychodd Tractor ar y ddwy Cadi.

'Be sy'n bod arno fe?' gofynnodd.

Cododd y ddwy eu hysgwyddau.

'C'mon,' meddai Cadi Ddu. 'Ma fe'n iawn – byddwn ni'n hwyr os ni ddim yn brysio.'

Suddodd calon Cadi Goch. Gwers gan Mrs Tudur oedd yr un nesa. Dyna fyddai'r tro cynta iddi hi ei gweld hi ers y daith hel dannedd. Pan gyrhaeddodd hi'r ystafell, roedd Mrs Tudur eisoes yno, yn eistedd y tu ôl i'w desg, ei gwefusau wedi'u pletio. Aeth Cadi Goch i eistedd wrth ei desg arferol gyda Heledd Bowen, ond ysgydwodd Mrs Tudur ei phen.

'Paid eistedd gyda Heledd, Cadi. Mae'r ddwy ohonoch chi wedi gwneud digon o niwed yn barod. Cer i eistedd gyda Tom Jarvis. Bydd rhaid i rywun arall eistedd gyda Heledd. Unrhyw wirfoddolwyr?'

Edrychodd ar y dosbarth fesul un, ond symudodd neb yr un gewyn. Yna, cododd Cadi Ddu ei llaw yn betrus. Syllodd Cadi Goch arni mewn anghrediniaeth.

'Cadi Jenkins?' meddai Mrs Tudur, ei hael wedi'i chodi.

'Bydden i'n hapus i ishte gyda hi,' meddai Cadi Ddu.

Cwrddodd ei llygaid â llygaid Cadi Goch am eiliad, ond edrychodd hi i ffwrdd yn syth.

'Da iawn!' meddai Mrs Tudur.

Gwthiodd Cadi Ddu ei chadair yn ôl a cherdded draw at Heledd. Roedd yr olwg ar wyneb Heledd yn anodd iawn i'w darllen.

'Iawn,' meddai Mrs Tudur, 'mae pawb yn eistedd yn gyfforddus. Does dim rhaid i fi ddweud wrthoch chi pa mor siomedig oeddwn i am yr hyn ddigwyddodd pan aeth dwy ohonoch chi i ystafell wely plentyn i gasglu dant. Fydd dim rhagor o deithiau maes yn y dyfodol agos. Yn hytrach, byddwn yn mynd yn ôl at y theori. Agorwch eich llyfrau a throwch i Bennod Tri: "Swynion Syml i'w Defnyddio yn y Maes".'

Ochneidiodd pawb yn anfodlon.

'Da iawn, Cadi,' chwyrnodd Tom wrth estyn am ei lyfr. 'Thanks a lot!'

***

Roedd pawb yn dawel wrth iddyn nhw adael dosbarth

Mrs Tudur a throi am yr iard. Roedd y wers wedi bod yn fwy diflas na'r arfer. Roedd hi'n glawio'n ysgafn, a thyrrodd Cadi Goch, Mohammed a Tractor i gysgod un o'r coed afalau yn y Cwad. Yna gwelodd Cadi Goch y Cadi arall yn dod ati hi. Roedd ei gwallt du sgleiniog yn rhydd ac yn cwympo dros ei hysgwyddau. Cododd ton o ddicter ym mola Cadi Goch. Teimlai fod Cadi Ddu wedi ei bradychu trwy wirfoddoli i eistedd gyda Heledd.

'Cadi!' meddai Cadi Ddu. 'Oes 'da ti fand gwallt sbâr? Mae un fi 'di torri.'

'Pam na wnei di ofyn i dy ffrind gorau newydd?' meddai Cadi Goch yn oeraidd.

Stopiodd Cadi Ddu yn stond. Roedd hi'n amlwg bod geiriau Cadi Goch wedi'i brifo'n arw.

'Dwi'n teimlo drosti, 'na i gyd,' meddai Cadi Ddu. 'Fel wedodd Mo, mae hi'n unig.'

'Ti'n amddiffyn hi,' meddai Cadi Goch yn ffyrnig, 'ar ôl popeth ma hi 'di neud!'

'Ti jyst ddim moyn i fi fod yn ffrind i neb arall,' atebodd Cadi Ddu, ei bochau'n cochi. 'Ma'n gas 'da ti'r ffaith bod Tractor yn ishte ar bwys fi ar y bws.'

Roedd hynny'n anghyfforddus o agos at y gwir, a gwylltiodd Cadi Goch yn fwy o'r herwydd.

'Ti'n gwbod beth?' rhuodd. 'Ti'n gweud bod ti'n teimlo piti dros Heledd Bowen. Wel, ma Tractor yn teimlo piti drosot ti, achos bod ti mor pathetig! Dyna pam bod hi'n ishte 'da ti.'

'Cadi!' meddai Tractor mewn arswyd.

Trodd at Cadi Ddu. 'Dyw e ddim yn wir, ddim o gwbl!'

Roedd wyneb Cadi Ddu, oedd wedi bod yn goch, nawr yn wyn fel y galchen. Syllodd yn dawel ar Cadi Goch am eiliad, yna troi a rhuthro i ffwrdd.

9

Y Tywysog

Roedd yr wythnosau nesaf yn anodd iawn i Cadi Goch. Fyddai Cadi Ddu ddim yn siarad â hi o gwbl, ac roedd hi'n treulio mwy a mwy o amser yng nghwmni Heledd Bowen. Roedd Heledd yn amlwg wrth ei bodd, ac yn gwneud sioe fawr o chwerthin am jôcs Cadi Ddu pan oedd hi'n gwybod bod Cadi Goch yn gallu clywed. Mynnai gerdded fraich ym mraich â Cadi Ddu rhwng gwersi. Byddai Cadi Ddu yn dal i eistedd wrth ochr Tractor ar y bws, gan roi Tractor mewn man cas. Doedd hi ddim eisiau i Cadi Ddu feddwl bod gwirionedd yn yr honiad ei bod yn eistedd gyda hi am ei bod yn teimlo piti drosti, ond eto i gyd roedd hi'n gwybod bod gweld y ddwy ohonyn nhw'n eistedd gyda'i gilydd yn clwyfo Cadi Goch.

'Sai moyn pechu neb,' dywedodd Tractor wrth Cadi Goch un bore. 'Dwi'n lico'r ddwy o'noch chi. Piti bo' chi 'di cwmpo mas. Falle 'set ti'n gweud "sori"?'

'Sai'n mynd i weud sori wrthi!' meddai Cadi Goch yn

daer. 'Dyle hi weud sori 'tho i! Cerdded o gwmpas gyda Heledd Bowen fel 'se hi moyn ei phriodi hi! Bydd eisiau pâr o siswrn i'w gwahanu nhw!'

Ochneidiodd Tractor.

'Ella ddim,' meddai Mohammed, gan bwyntio. 'Mae Heledd ar ei phen ei hun, heb ei darpar wraig!'

Roedd Heledd yn sefyll wrth ddrws a arweiniai i Ystafell Gyffredin yr Athrawon, gyda golwg ddisgwylgar ar ei hwyneb.

'Beth mae'n neud?' gofynnodd Cadi Goch.

'Dwn i'm,' meddai Mohammed.

'Mae'n edrych fel petai'n aros am rywun,' meddai Tractor.

'Gad i ni fynd yn agosach,' meddai Cadi Goch, 'i gadw llygad arni.'

Croeson nhw'r Cwad gan esgus peidio sylwi ar Heledd, a dod i stop ychydig lathenni i ffwrdd. Roedd Cadi Goch yn adrodd stori yn uchel am Gethin yn mynd yn sâl ar ôl bwyta jar gyfan o *olives* fel *dare*, fel na fyddai Heledd yn deall eu bod yn ei gwylio hi. Yn sydyn, dyma ddrws yr Ystafell Gyffredin yn agor. Mr ab Elffin ddaeth drwyddo. Camodd Heledd i'w lwybr ar unwaith.

'Mr ab Elffin!' meddai.

'A!' meddai Mr ab Elffin, gan edrych dros ei ysgwydd yn frysiog. 'Heledd! Beth, ym... beth alla i neud ti?'

'Y'ch chi'n cofio be ddwedais i wrthoch chi ddoe?'

gofynnodd Heledd. 'Allwch chi gael y... y *peth* 'na i fi? Galla i dalu, wrth gwrs.'

Edrychodd Mr ab Elffin o'i gwmpas yn wyllt.

'Ddim fan hyn!' hisiodd wrth Heledd. 'Mae pobl yn gwrando! Dere i'n swyddfa i mewn deg munud.'

Tynnodd ei got am ei fola sylweddol a brysio i ffwrdd. Trodd Heledd, a dyma Cadi, Tractor a Mohammed yn troi eu pennau yn sydyn ac ailgydio yn ei sgwrs. Syllodd Heledd yn ddrwgdybus i'w cyfeiriad am eiliad, ac yna cerdded bant yn bwrpasol. Pan oedd hi'n siŵr ei bod yn rhy bell i glywed dim, stopiodd Cadi ei stori yng nghanol brawddeg.

'Beth yn y byd sy'n mynd mla'n?' gofynnodd.

Cododd Tractor a Mohammed eu hysgwyddau.

'Rhaid i ni ffeindio mas,' meddai Cadi. 'Beth y'n ni'n wbod am Mr ab Elffin? Oedd e'n aelod o Gacwn Cêt?'

'Dwi ddim yn gwybod,' meddai Mohammed, 'ond mi dria i ffeindio allan.'

***

Chafodd Mohammed ddim llawer o lwc yn ystod y dyddiau nesaf, ond mi ddarganfyddodd rywbeth arall.

'Dwi wedi bod yn meddwl am yrrwr y bws, 'wch chi,' meddai wrth Cadi Goch a Tractor un dydd. 'Roedd "Plant y Pair", fel maen nhw'n galw'r milwyr gafodd eu hatgyfodi gan y Pair Dadeni, yn broblem fawr i'r llywodraeth ar ôl y Chwyldro. Roedd rhai'n hollol wyllt ac yn mynnu cario ymlaen i ymladd ar ôl i Fyddin y Frenhiniaeth ildio. Cawson nhw eu lladd neu eu carcharu. Ond naeth y rhan fwyaf ildio. Doedd neb yn gwybod beth i'w wneud efo nhw. Do'n nhw ddim yn gallu siarad, ond doedd neb yn gwybod oedden nhw wedi newid mewn ffordd arall hefyd. Gwnaethon nhw gofrestr, a rhoi rhif i bob un – doedd neb yn gwybod beth oedd enwau'r rhan fwya. Dim ond rhai o'nyn nhw oedd yn medru sgwennu, a dim un yn medru siarad, wrth gwrs. Naethon nhw adeiladu pentrefi arbennig ar eu cyfer nhw, a chadw golwg arnyn nhw. Roedd swyddogion y llywodraeth yn eu profi bob mis, i weld oeddan nhw'n beryg, ac wedyn dechra creu gwaith i'r rhai oedd yn neud yn dda yn y profion. Bydda cyflogwyr yn cael pres gan y llywodraeth i dderbyn cwota o Blant y Pair.'

'Diddorol iawn, Mo,' meddai Tractor. 'Ti'n gwbod faint dwi'n mwynhau dy wersi hanes, ond shwt ma hyn yn helpu ni?'

'Wel,' meddai Mohammed, 'mae'n rhaid bod llwyth o waith papur am ein gyrrwr ni yn rywla yn yr ysgol. Os gallwn ni'i ffeindio fo, ella bydd yna rwbath i roi cliw i ni am be mae o'n neud. Roedd llawar o'r milwyr ym myddin Banon wedi cael eu gorfodi i gwffio, a fyddan nhw ddim yn hoff iawn o Gacwn Cêt, ond roedd eraill yn credu yn yr achos ac wedi gwirfoddoli. Os oedd y gyrrwr yn y garfan yna, wedyn basa fo, ella, yn awyddus i neud rhwbath dros y Cacwn.'

'Ble mae'r papurau 'ma'n cael eu cadw?' gofynnodd Cadi.

'Wel, dyna'r broblam,' meddai Mohammed. 'Dwi ddim yn gwbod.'

'Help mawr iawn!' meddai Tractor yn goeglyd.

'Ca' dy geg, Tractor!' meddai Mohammed yn flin. 'O leia dwi'n trio!'

Synnodd Cadi i'w weld yn ymateb fel hyn. Roedd e bob tro mor amyneddgar a ffeind. Wedi dweud hynny, roedd rhyw oerni wedi bod rhyngddo fe a Tractor ers iddi hi wneud y jôc ffwrdd-â-hi am chwaer farw Miss Henwen.

'Peidwch chi â chwmpo mas,' meddai Cadi. 'Fydd neb yn siarad â'i gilydd cyn hir os yw pethe'n cario mla'n fel hyn.'

'Ti'n iawn,' meddai Mohammed. 'Sori, Tractor. Dwi jyst… Mae o mor rhwystredig! 'Dan ni'n gwbod bod rhwbath amheus ar droed ond sgynnon ni ddim syniad be!'

'Popeth yn iawn, Mo,' meddai Tractor. 'Dwi'n gwbod bod ti'n neud dy ore. Beth bynnag sy'n mynd mla'n, betia i fod Cacwn Cêt tu ôl iddo fe.'

Roedd y Cacwn wedi bod yn dawel iawn yn yr wythnosau ar ôl arestio tad Heledd a dwsinau o aelodau eraill, a diflaniad y frenhines ei hunan. Roedd ambell sgarmes wedi bod, gan gynnwys yr un y lladdwyd Eirlys ynddi, ond ar y cyfan, roedd y Cacwn wedi diflannu o'r golwg. Ond o dipyn i beth, daeth hi'n amlwg nad oedden nhw wedi mynd i ffwrdd yn llwyr. Roedd llawer wedi ffoi i'r goedwig, lle roedd hi'n anodd i'r Gwarchodlu eu ffeindio, ac roedden nhw wedi dechrau gwneud ambell gyrch i ddwyn nwyddau, offer ac arfau. Ymateb y Gwarchodlu oedd i yrru patrolau i'r goedwig, hyd yn oed i'r ardaloedd lle roedd tylwyth y fforest yn byw. Roedd hyn yn erbyn y gyfraith fel arfer, am fod neb i fod i fentro i'r ardaloedd hynny heb ganiatâd y trigolion, ond dywedodd y llywodraeth fod cyfiawnhad yn yr achos yma oherwydd presenoldeb y rebeliaid yno. Mewn cwpl o achosion, roedden nhw wedi defnyddio dreigiau i losgi rhan o'r goedwig er mwyn ceisio dod o hyd i wersylloedd y gelyn. Roedd tylwyth y fforest yn gandryll am hyn. O ganlyniad, roedd brwydro wedi bod rhwng y Gwarchodlu a'r trigolion yn ogystal ag â Chacwn Cêt.

Roedd y goedwig yn lle cynyddol beryglus i dylwyth teg cyffredin, ac roedd rhai, plant yn bennaf, yn ffoi i'r dinasoedd. Roedd Cadi a'i ffrindiau wedi gweld bandiau ohonyn nhw yn cerdded, llawer yn droednoeth ac yn gwisgo carpiau, ar hyd y llwybr a arweiniai at y bont i'r ynys yn Llyn Dulas lle safai Caerddulas, hen brifddinas Annwfn. Dysgon nhw wedyn fod rhai wedi cael lloches dros dro yn yr hen balas ar gopa'r bryn yng Nghaerddulas. Doedd gan rai ohonyn nhw ddim llawer o Gymraeg, a byddai gwirfoddolwyr yn mynd i roi gwersi iddyn nhw. Mohammed oedd un o'r cyntaf o Academi Gwyn ap Nudd i wirfoddoli. Y diwrnod ar ôl iddo fynd am y tro cyntaf, dywedodd wrth Cadi a Tractor:

'Wnewch chi byth gesio pwy welish i yno? Endil a'i frawd. Chi'n cofio Endil, y tylwythyn helpodd ni yn y fforest pan oeddan ni'n dianc rhag Barti John.'

'Shwt ma fe?' gofynnodd Cadi.

Roedd hi'n ei gofio yn iawn, wrth gwrs: bachgen main tua'r un oedran â hi, oedd wedi siarad yn gwrtais yn ei Gymraeg ysgol rhyfedd, a'u harwain yn ddiogel allan o'r coed a'u rhoi ar ben y ffordd i Gaerddulas.

'Mae o'n iawn, sti,' meddai Mohammed, 'ond mae o'n poeni yn arw am ei fam a'i dad. Mae tai rhai o'i gymdogion wedi'u difa yn y brwydro. Dydy'r goedwig ddim yn lle saff o gwbwl, bellach.'

'Roedd ei Gymraeg e'n dda,' meddai Tractor. 'Pam ma fe angen gwersi?'

'Mae o'n helpu'r gwirfoddolwyr,' meddai Mohammed, 'ddim cael gwersi ei hun. Cyfieithu a ballu. Sdim llawar o Annyfneg gan rai o'r gwirfoddolwyr. Beth bynnag, dysgish i rwbath reit ddiddorol yno.'

Gwenodd arnyn nhw'n llon.

'Am be?' meddai Cadi yn ddiamynedd.

Gwyddai'n iawn fod Mohammed yn mwynhau'r

teimlad o wybod rhywbeth nad oedd y lleill yn ei wybod.

'Am ein cyfaill Mr ab Elffin,' meddai Mohammed. 'Daeth Mei Jones efo fi – yr hogyn o ochra Cricieth? Roedd o'n cwyno'n arw am Mr ab Elffin, a deud ei fod o'n ddiog a ballu. "Dach chi'n gwybod pam?" medda fo wrtha i. "Ddim 'di arfar efo gwaith, dyna pam. Prins ydy o – roedd o'n brolio am ei waed bonheddig wrthon ni ryw ddydd yn y dosbarth." Ac mae Mei yn iawn. Es i at y Pwll Gwybodaeth ar y ffordd yma, ac mae Mr ab Elffin *yn* aelod o'r teulu brenhinol, yn gefnder i'r Frenhines Banon, dim llai. Ac yn fwy na hynny, roedd ei frawd o'n un o'r aelodau o Gacwn Cêt gafodd eu harestio yn y castell.'

'Dyna pam ei fod e'n cynllwynio gyda Heledd, felly,' meddai Cadi yn frwd. 'Diolch, Mo!'

Teimlai o'r diwedd ei bod yn dechrau deall beth oedd ar droed.

10

Cyfrinach Miss Henwen

Roedd y tywydd yn fendigedig yng Nghymru y penwythnos wedyn. Braf iawn oedd gadael gwynt a glaw Annwfn a phrofi ieuenctid yr haf yn Llanfair. Roedd y cloddiau'n gorlifo â bywyd o bob math, a'r awyr yn dew â phryfed o bob lliw a llun. Tyfai'r borfa yng ngardd Cadi'n gynt nag y gallai Shiny ei thorri. Roedd y coed ar waelod yr ardd yn llawn adar swnllyd yn dysgu sut i hedfan. Chwarddodd Cadi pan welodd hi griw ohonyn nhw bnawn Sadwrn yn hopian ar hyd y lle, gan drio codi i'r awyr. Byddai'r rhai a lwyddodd yn glanio gyda bwmp wedyn.

'Byddwch chi'n iawn,' meddai wrthyn nhw. 'Cyn bo hir byddwch chi'n hedfan fel... wel, fel adar!'

'Ti'n siarad â'r adar, wyt ti?' meddai Shiny tu ôl iddi.

Roedd ei thad wedi dod â barbeciw allan o'r garej ac yn ei osod ar ganol y lawnt.

'Yr unig ffordd i gael sgwrs gall ffor' hyn,' meddai Cadi'n llon.

Er ei bod hi'n dal i boeni rhywfaint am yr hyn oedd yn mynd ymlaen yn Annwfn, roedd hi'n teimlo bod y darnau'n dechrau syrthio i'w lle. Roedd hi'n siŵr nawr bod Heledd a Mr ab Elffin yng nghanol beth bynnag oedd e, a byddai lot haws cadw golwg arnyn nhw nag ar Shane, Gwen neu yrrwr y bws. Yn hwyr neu'n hwyrach byddai hi, Tractor a Mohammed yn llwyddo i ddatgelu'r cynllwyn. Roedden nhw wedi rhwystro Cacwn Cêt o'r blaen, ac roedd hi'n sicr y gallen nhw wneud eto. Yn y cyfamser, roedd hi'n mwynhau'r heulwen yng nghwmni ei theulu. Gallai hi anghofio am Cadi Ddu am gwpl o ddyddiau hefyd.

Daeth Sandra i'r ardd yn gwisgo ffrog ysgafn a sbectol haul. Gallai rhywun weld erbyn hyn ei bod yn feichiog.

'Cadi!' galwodd. 'Ti moyn dod 'da fi i'r siop i ddewis bwyd ar gyfer y barbeciw?'

★★★

Y noson honno, eisteddodd Cadi yn ôl mewn cadair blygu yn yr ardd, yn hapus ei byd. Roedd hi'n dechrau nosi, ond roedd hi'n dal yn ddigon cynnes i fod allan heb got. Roedd ei bola'n llawn byrgyrs a hufen iâ. Roedd Sandra wedi llusgo Gethin i mewn i'r tŷ o'r diwedd i wisgo ei byjamas a brwsio ei ddannedd, ond roedd hi wedi dweud y gallai Cadi aros lan am hanner awr arall. Roedd John a Bethan drws nesa wedi galw heibio, ac roedd Shiny wedi nôl ei gitâr. Roedd y tri ohonyn nhw'n stryffaglu i gofio'r geiriau i 'Hotel California'. Roedd Pero'r ci wedi deall o'r diwedd nad oedd neb yn mynd i rannu byrgyr ag e, ac roedd e wedi setlo wrth draed Cadi.

'Dim *"warm smell of fajitas"* sy'n gywir,' meddai Bethan. '*Copitas* yw e. Math o sieri, dwi'n credu.'

'Dyw hynny ddim yn neud sens!' meddai Shiny. 'Mae *fajitas* lot well.'

'Ond ma fe'n rong!' meddai Bethan.

''Na i gwglo'r geiriau,' meddai John gan estyn am ei ffôn.

'Mae hynny'n tsietan!' meddai Shiny.

Chwarddodd pawb. Yn sydyn, clywodd Cadi sŵn chwyrnu. Roedd Pero wedi codi i'w draed, ac roedd y blew ar ei gefn yn sefyll. Syllodd ar y coed ar waelod yr ardd a sgyrnygu ei ddannedd. Dechreuodd calon Cadi guro'n gynt. Gallai gofio'r hyn roedd Shiny wedi ei ddweud am y noson roedd e wedi gweld Gwen yma: roedd Pero wedi chwyrnu'n ffyrnig, a'i wrychyn wedi codi. Oedd ei mam yma nawr? Roedd yr oedolion yn dal i chwerthin – roedden nhw heb glywed dim. Cododd Cadi'n dawel o'i sêt a dechrau cerdded yn araf i gyfeiriad y coed. Daeth Pero gyda hi, ei gorff yn crynu gyda thensiwn. Yn sydyn, roedd yna dwrw yn y dail, a gwelai Cadi ffigwr yn brysio i ffwrdd.

'Gwen?' hisiodd.

Oedodd y ffigwr, ond heb droi.

'M-mam?'

Edrychodd y ffigwr dros ei hysgwydd. Gwelai Cadi wyneb gwelw yn y tywyllwch dan y coed. Er gwanned y golau, doedd dim amheuaeth nad wyneb ei mam oedd yn edrych arni.

'Be ti'n neud 'ma?' gofynnodd Cadi.

Atebodd ei mam ddim. Estynnodd ei llaw chwith, ac roedd sŵn fel rhwygo deunydd. Lledodd patshyn o dywyllwch dyfnach yn y tywyllwch, a chamodd Gwen iddo.

'Aros!' gwaeddodd Cadi.

Roedd hi'n rhy hwyr. Roedd ei mam wedi diflannu; wedi croesi'n ôl i Annwfn.

'Be sy'n bod, Cads?'

Llais ei thad. Trodd i weld y tri oedolyn yn syllu arni.

'Dim byd,' meddai Cadi. 'Y twpsyn o gi 'ma yn gweld pethau, 'na i gyd.'

'Ma fe'n neud hynny'n aml dyddiau 'ma,' meddai Shiny.

Chwarddodd, a chodi'r gitâr eto, ond gwelodd Cadi ei fod yn gwgu.

'Hela tylwyth teg!' meddai John yn siriol. 'Mae'n Jac ni'n neud hynny hefyd.'

Ti'n nes at y gwirionedd nag wyt ti'n gwbod, meddyliodd Cadi.

★★★

Ddim Cadi oedd yr unig un i gael ymweliad o'r Byd Arall y noson honno. Fore drannoeth, roedd hi'n bownsio ar y trampolîn ac yn ceisio dyfalu beth oedd arwyddocâd ymddangosiad ei mam y noson flaenorol, pan ddaeth Sandra i'r ardd.

'Cadi!' meddai. 'Ma Tom Jarvis yma.'

'Tom Jarvis?' meddai Cadi yn syn.

Beth yn y byd oedd e'n ei wneud yma?

'Ie,' meddai Sandra. 'Gwelais i fe'n loetran ar ben y dreif. Pan es i mas i ofyn beth oedd e moyn, mwmialodd e rywbeth am waith cartre.'

Gwgodd Cadi. Doedd neb wedi rhoi gwaith cartre iddyn nhw hyd y gallai hi gofio. Disgynnodd o'r trampolîn, a cherdded draw i ffrynt y tŷ, a Sandra yn ei dilyn hi. Roedd hi'n amlwg ei bod hi'n chwilfrydig. Roedd Tom yn eistedd ar ei BMX ar y dreif.

'Dyma Cadi!' galwodd Sandra. 'Dere mewn i'r tŷ, Tom, os ti moyn.'

'Ym... dim diolch, Mrs Williams,' meddai Tom. 'Dwi'n iawn fan hyn.'

'Ocê,' meddai Sandra. 'Gadawa i lonydd i chi.'

Aeth yn ôl i'r tŷ. Plygodd Cadi ei breichiau a syllu ar Tom.

'Be ti moyn?' meddai.

'*That's not very polite*, Cadi!' meddai Tom. 'Beth am "Helô Tom, sut wyt ti heddiw?"?'

Ochneidiodd Cadi.

'Dwi'n fishi, Tom,' meddai. 'Os nad oes dim byd pwysig i weud, dwi'n mynd.'

'Mae rhywbeth pwysig gyda fi,' meddai Tom. 'Dwi'n gwybod i bwy mae Shane yn gweithio. Miss Henwen.'

'Miss Henwen?' meddai Cadi, mewn sioc. 'Wyt ti'n siŵr?'

'Ydw,' meddai Tom. 'Gwelais i hi neithiwr yn siarad ag e.'

'Sut?' gofynnodd Cadi mewn penbleth. 'Be wedodd hi? Dwi moyn y stori gyfan!'

Nodiodd Tom, a chlirio ei lwnc.

'Ti'n nabod Huw Socs?' gofynnodd.

'Ydw,' meddai Cadi.

Roedd Huw yn un o hen gymeriadau Llanfair, ac roedd pawb yn ei nabod e. Dyn bach canol oed gyda mwstásh blêr a dannedd melyn, oedd yn byw ar ei ben ei hunan mewn hen fwthyn anniben ar y ffordd i'r Bont. Doedd dim gwaith parhaol gydag e, a byddai'n gwneud tipyn o hyn a'r llall i gadw dau ben llinyn ynghyd. Doedd ei fusnes e ddim bob tro yn hollol gyfreithlon, chwaith. Cafodd ei lysenw oherwydd bod ei gymdogion wedi'i weld e unwaith yn rhedeg ar ôl un o'i gyd-ddihirod yn nhraed ei sanau gan ei fygwth gyda phrocer. Mae'n debyg bod y dyn wedi trio ei dwyllo rywsut.

'Wel,' aeth Tom yn ei flaen, 'fe yw *translator* Shane nawr. Daeth e i'r tŷ neithiwr. Fi agorodd y drws iddo fe. Roedd Shane yn grac. "I told you not to come to the house," dwedodd e. "You've got to come now," dwedodd Huw Socs. "The boss wants to see you. She's in the graveyard." Aeth Shane yn syth. Roedd Mam mas, a roedd Shane i fod i edrych ar ôl fi. Felly 'nes i ddilyn nhw i'r *graveyard*. Ro'n i'n meddwl mai mam ti fyddai'r *boss* 'ma, ond dyna lle roedd Miss Henwen. Roedd y dyn arall ro'n i wedi gweld gyda hi. Roedd hi'n edrych yn... wel, yn wahanol. Dwi ddim yn gwybod sut i ddweud e.'

Nodiodd Cadi.

'Dwi wedi ei gweld hi,' meddai. 'Dwi'n gwybod be ti'n feddwl. Beth ddwedodd hi?'

'"Wyt ti'n gallu rhoi'r Pair i fi?"' meddai Tom.

Llyncodd Cadi ei phoer. Doedd dim amheuaeth. Roedd Miss Henwen yn rhan o'r cynllwyn i ddwyn y Pair. Yn wir, edrychai'n debyg mai hi oedd yn gyfrifol am y cyfan.

11
Cwymp Mr ab Elffin

'**P**AM YN Y byd fydde Miss Henwen yn helpu'r Cacwn?' gofynnodd Tractor. 'Beth os ydy Tom yn gweud celwydd?'

'Ond pam fydde fe'n neud hynny?' gofynnodd Cadi yn ei thro.

Cododd Tractor ei hysgwyddau. Roedd y ddwy yn cerdded yng nghwmni Mohammed i gyfeiriad Caerddulas i ddysgu Cymraeg i'r ffoaduriaid oedd wedi ymgartrefu yn yr hen balas. Roedd Miss Cilcoed wedi dweud y gallai disgyblion oedd yn gwirfoddoli golli ambell wers, ac roedd Cadi wedi sylweddoli bod hyn yn gyfle i osgoi cwpl o oriau o wersi Mrs Tudur bob wythnos petai'n trefnu pethau'n ofalus. Pan grybwyllodd Cadi hyn wrth Tractor, cynyddodd diddordeb honno yn nhynged y ffoaduriaid yn fawr yn y fan a'r lle. Mantais arall oedd cael cyfle i dreulio tipyn o amser gydag Endil, oedd yn gymeriad dymunol iawn, ac, yng ngeiriau Tractor, yn 'dipyn o bishyn'. Roedd rhaid iddyn nhw gerdded i Gaerddulas yn hytrach na hedfan, am fod yr adenydd yn gaeafgysgu yn y tywydd oer.

'Dwi'n gwybod nad wyt ti'n lecio Tom ryw lawar, Tractor,' meddai Mohammed, 'ond mae Cadi'n iawn. Does gynno fo ddim rheswm amlwg dros ddeud clwydda am Miss Henwen.'

'Digon teg,' meddai Tractor, 'ond so hynny'n ateb 'y nghwestiwn i. Pam fydde Miss Henwen yn cynllwynio ar ran y Cacwn? Mae hi… wel, mae hi'n rhy neis!'

'Mae galar yn medru neud petha od i bobol,' meddai Mohammed yn feddylgar.

'Os ti'n gweud, Mo,' meddai Tractor. 'Ti yw'r un sy'n treulio'r holl amser yn y llyfrgell, felly ddyle hen dwpsyn fel fi ddim dadlau 'da rhywun fel ti!'

'Ddim llyfra ydy ffynhonnell pob gwybodaeth, sti,' meddai Mohammed.

Ond doedd Tractor ddim yn gwrando arno. Roedd hi'n gwgu.

'Falle bod dim ots pwy sy'n trial dwgyd y crochan na pam,' meddai. 'Petaen ni'n torri i mewn i'r Llyfrgell a dinistrio'r crochan, fydde neb yn gallu'i iwso fe. Fydde ddim rhaid i ni weithio mas pwy sy'n neud beth wedyn.'

Chwarddodd Mohammed.

'Dwi'n lecio dy *logic* di, Tractor,' meddai, 'ond dydy hi ddim mor hawdd â hynny. Yr unig ffordd i ddinistrio'r

Pair, medden nhw, ydy i un o Blant y Pair daflu ei hunan i mewn iddo yn fyw. Bydd o neu hi yn marw yr un pryd.'

Ochneidiodd Tractor.

'So pethe byth yn hawdd, ydyn nhw?' meddai.

Erbyn hynny, roedden nhw wedi croesi'r bont i Gaerddulas, ac yn dringo'r strydoedd cul i gyfeiriad y palas. Roedd y gwynt yn fain, a doedd bron neb y tu allan. Yn sydyn clywon nhw ryw dwrw o'u blaenau: lleisiau blin wedi'u codi. Daethon nhw i sgwâr bychan, wedi'i naddu mewn i garreg y bryn y safai'r dre arno. Yna roedd twr o bobl wedi'u lapio'n erbyn y tywydd garw, yn gweiddi'n gas ar ddyrnaid o ddynion mewn cyffion. Roedd y dynion yn cael eu harwain gan dylwyth arfog yn iwnifform y Gwarchodlu at gât haearn drom ben arall y sgwâr a arweiniai, yn ôl pob golwg, i grombil y bryn. Roedd golwg flêr ar y carcharorion, ac roedd gan rai ohonyn nhw fân anafiadau. Herciai un ar faglau.

'Aelodau Cacwn Cêt, does bosib,' meddai Cadi.

'Ia, debyg,' meddai Mohammed. 'Dyna lle mae'r carchar.'

'Tybed ydy tad Heledd yna, felly?' gofynnodd Cadi.

'Maen nhw'n gweud bod rhyw fwystfil ofnadw yn eu gwarchod nhw,' meddai Tractor.

Chwarddodd Mohammed.

'Pwy sy'n deud hynny?'

'Ym, Karen Jones,' meddai Tractor yn amddiffynnol.

'Paid gwrando ar bopeth mae *hi*'n ei ddeud!' meddai Mohammed yn ddilornus.

Roedd y carcharorion wedi cyrraedd y gât. Sibrydodd capten y gwarchodwyr rywbeth dros y clo, ac fe agorodd â gwich. Y tu hwnt iddi, agorai twnnel tywyll fel ceg anferthol.

'Mewn â chi!' rhuodd y capten wrth y carcharorion.

'Mewn i'r twll! Mewn i'r twll!' llafarganodd y dorf.

Safodd y carcharorion yn stond. Roedd hi'n amlwg nad oedden nhw'n fodlon mentro i'r tywyllwch. Gostyngodd y gwarchodwyr eu picelli. O dipyn i beth, gwthiwyd y dynion i mewn i'r twnnel. Ar y funud olaf, dyma un ohonyn nhw'n troi ac yn rhedeg yn ôl i'r sgwâr. Neidiodd dau warchodwr ar ei ôl, a'i daclo i'r llawr. Bloeddiodd y dorf ei chymeradwyaeth wrth iddo gael ei lusgo i'r twnnel.

'Bwydwch e i'r bwystfil! Bwydwch e i'r bwystfil!'

Wrth i'r gât gau ar ei ôl, clywodd y tri phlentyn sŵn ofnadwy yn treiglo o'r dyfnderoedd. Sŵn rhuo cynddeiriog a fferrai'r gwaed. Edrychon nhw ar ei gilydd.

'Falle bod Karen yn iawn wedi'r cwbl,' meddai Cadi.

'Ia wir!' meddai Mohammed, ei lygaid fel soseri.

Dyma nhw'n troi am y stryd, a dod wyneb yn wyneb â menyw olygus gyda gwallt tywyll a glymwyd yn ôl o'i hwyneb mewn cynffon ceffyl. Pan welodd Mohammed, gwenodd fel yr haul arno.

'Mo!' meddai'n frwd. 'Sut wyt ti?'

'Ym...' meddai Mohammed, y gwaed yn codi i'w wyneb, 'tsiampion, diolch yn fawr.'

'Ti'n mynd yn ôl i'r palas?' holodd. 'A dod â dy ffrindiau hefyd. Da iawn ti!'

Estynnodd ei llaw at Cadi a Tractor, un ar ôl y llall.

'Esyllt Gwenllian,' meddai, 'newyddiadurwr. Cwrddais i â'ch ffrind Mohammed pwy ddiwrnod yn dysgu Cymraeg i'r ffoaduriaid. Gaethon ni glonc hyfryd. Beth yw'ch enwau chi? Cadi? Del iawn! A... beth? Tractor?'

'Stori hir,' meddai Tractor.

'Wel,' meddai Esyllt, 'rhaid i fi redeg! Braf cwrdd â chi, ferched!'

A bant â hi. Gwenodd Tractor ar Mohammed.

'Dyna pam ti mor *keen* i helpu'r ffoaduriaid, 'te,' meddai. 'Y *glamorous older lady* 'ma!'

'Paid â bod yn wirion,' mwmialodd Mohammed. 'C'mon!'

***

Y prynhawn hwnnw, roedd ganddyn nhw wers gyda Mr ab Elffin. Roedd Cadi'n eithaf mwynhau ei wersi, ar y cyfan. Roedd yn hollol anhrefnus, a fyddai e byth yn paratoi o flaen llaw. Byddai byth a hefyd yn dilyn rhyw sgwarnog, neu ddechrau stori hirwyntog am ei anturiaethau pan oedd yn ifanc. Yn well na hynny, roedd e'n ddigon hapus i fwrw swynion er diddanwch y plant, a doedd e ddim yn poeni gormod am ddilyn y rheolau iechyd a diogelwch. Un tro roedd e wedi creu pelen o dân yn yr ystafell ddosbarth – roedd yna staen du ar y nenfwd o hyd. Y prynhawn hwnnw, roedd e wedi dechrau stori am y tro roedd e a'i gyfaill mynwesol Gronw Gryg wedi gweld môr-forwyn ar y Traeth Coch yn neheubarth Annwfn.

'Menyw ddigon golygus, wyddoch chi,' meddai, 'uwchben y dŵr. Ond bobol annwyl! Dylech chi fod wedi gweld ei thentaclau! Brawychus!'

Yr eiliad honno, daeth cnoc ar y drws.

'Dewch i mewn!' meddai Mr ab Elffin.

Agorodd y drws, a dyna lle roedd Miss Cilcoed, yn edrych yn fwy llym hyd yn oed nag arfer.

'Orosius,' meddai, 'rhaid i ti ddod ar unwaith. Plant, arhoswch chi yma. Mae Mrs Tudur ar y ffordd i ofalu amdanoch chi am weddill y prynhawn.'

'Ar unwaith?' meddai Mr ab Elffin. 'Dim ond ugain munud sydd tan yr egwyl. Galla i ddod bryd hynny.'

'Ar unwaith, Orosius,' meddai Miss Cilcoed. 'Mae'r Prifathro yn mynnu.'

Sylweddolodd Mr ab Elffin fod rhywbeth mawr o'i le.

'Ym…' meddai, gan edrych o'i gwmpas yn wyllt, 'wrth gwrs. Rhowch bum munud i fi gasglu fy mhethau.'

'Nawr, Orosius!' meddai Miss Cilcoed, ei llygaid gwelw yn fflachio.

Gostyngodd ysgwyddau Mr ab Elffin. Roedd ei grib wedi'i thorri yn llwyr.

'Fel y'ch chi'n mynnu, Ddirprwy Brifathrawes,' meddai.

Ymsythodd, gyda chryn ymdrech a throi i wynebu'r dosbarth.

'Yn iach, blantos annwyl,' meddai, gan foesymgrymu'n theatrig. 'Mae wedi bod yn bleser.'

Doedd neb yn gwybod beth i'w ddweud. Doedden nhw ddim yn deall beth oedd yn digwydd. Daliodd Miss Cilcoed y drws yn agored. Anadlodd Mr ab Elffin yn ddwfn, a gadael yr ystafell.

'Arhoswch lle rydych chi, blant,' meddai Miss Cilcoed gan lygadu'r dosbarth cyfan. 'Bydd Mrs Tudur gyda chi yn y man.'

A brysiodd ar ôl Mr ab Elffin. Am eiliad roedd y dosbarth yn dawel ac yn syfrdan, ond wedyn dechreuodd pawb siarad ar unwaith. Bron pawb, hynny yw. Edrychodd Cadi Goch ar Heledd Bowen a gweld ei bod yn eistedd yn gwbl stiff, ei hwyneb wedi gwelwi a thensiwn yn amlwg ym mhob cymal. Neidiodd ei llygaid o un lle i'r llall. Ymddangosai i Cadi ei bod hi mewn cyfyng gyngor, yn ceisio penderfynu ar hast beth i'w wneud. Yn sydyn, cododd yn frysiog a rhedeg am y drws. Cododd Cadi ar unwaith a'i dilyn. Clywodd lais Tractor y tu ôl iddi:

'Cadi! Be ti'n neud?'

Anwybyddodd Cadi hi a rhedeg ar hyd y coridor ar ôl Heledd. Gwelodd Mrs Tudur yn dod i'w cyfeiriad gyda phentwr o bapurach yn ei dwylo. Syllodd yn gegrwth ar y ddwy ferch yn rhedeg ati.

'Heledd! Cadi! Ble ydych chi'n mynd? Ewch yn ôl ar unwaith!' gwaeddodd.

Ond thalodd yr un o'r ddwy ddim unrhyw sylw. Rhuthrodd Heledd heibio iddi, gan fwrw'r papurach o'i gafael. Hedfanodd taflenni gwyn dros y lle. Rhedodd Cadi trwyddyn nhw fel petai'n rhedeg trwy storom eira, yn dynn ar sodlau Heledd. Cyrhaeddon nhw'r Cwad a gweld Miss Cilcoed yn arwain Mr ab Elffin i gyfeiriad swyddfa'r Prifathro.

'Mr ab Elffin!' gwaeddodd Heledd.

Trodd Mr ab Elffin a Miss Cilcoed fel un, y ddau wedi'u syfrdanu. Loetrodd Cadi yn y drws, gan obeithio nad oedd neb wedi sylwi arni hi. Stopiodd Heledd a rhoi ei dwylo ar ei phenliniau, gan anadlu'n ddwfn ar ôl rhedeg mor gyflym.

'Heledd!' meddai Miss Cilcoed. 'Beth yn y byd sy'n bod?'

Ond roedd Heledd wedi estyn am bwmp asthma, ac yn chwistrellu ei gynnwys i'w hysgyfaint, felly doedd hi ddim yn gallu ymateb yn syth. Yn y cyfamser, gwelodd Mr ab Elffin fod sylw Miss Cilcoed wedi'i hoelio ar Heledd, a dechreuodd redeg am y drws allanol.

'Miss Cilcoed!' gwaeddodd Cadi. 'Ma Mr ab Elffin yn dianc!'

Trodd Miss Cilcoed ac estyn ei bys i gyfeiriad Mr ab Elffin.

'*Arigolin!*' meddai mewn llais mawr a atseiniodd o amgylch y Cwad.

Ymsythodd Mr ab Elffin a chodi cwpl o droedfeddi i'r awyr cyn cwympo ar ei hyd ar y llawr. Gorweddodd yno yn ddiymadferth ar ei gefn – allai symud dim ond ei ben. Roedd ei wyneb yn goch fel betysen, a'i lygaid yn ddu gan ddicter.

'Hi sydd ar fai!' hisiodd. 'Yr hen Heledd Bowen 'na! Hi wnaeth i fi wneud e!'

'Dyw hynny ddim yn wir!' gwaeddodd Heledd. 'Roedd cytundeb gyda ni!'

'Merch ysgol yw hi, Orosius,' meddai Miss Cilcoed yn oeraidd. 'Sut allai hi dy orfodi i wneud rhywbeth yn erbyn dy ewyllys?'

'Ti'n gwybod cystal â fi pwy yw ei thad hi, Morfydd,' meddai Mr ab Elffin. 'Roedd ofn arna i!'

'Mae ei thad yn y carchar,' meddai Miss Cilcoed. 'All e wneud dim byd i ti!'

'Ond mae ganddo fe ffrindiau pwerus,' meddai Mr ab Elffin yn ymbilgar. 'Dyn gwan ydw i – dwi ddim yn ddewr fel ti. Rhaid i ti fy amddiffyn i!'

Roedd e bron â llefain erbyn hynny. Crychodd Miss Cilcoed ei thrwyn wrth edrych arno. Yna trodd at Heledd a Cadi.

'Ewch chi'n ôl i'ch dosbarth, ferched,' meddai. 'Ond bydd y Prifathro eisiau gair gyda ti, Heledd, unwaith ei fod e wedi delio â hwn.'

Trodd Heledd heb ateb a dechrau cerdded yn ôl i'r ystafell ddosbarth. Gallai Cadi weld ei bod hi'n crynu. Cwrddodd Cadi Ddu â Heledd wrth y drws, a rhoi ei braich o gwmpas ei hysgwyddau, gan lygadu Cadi Goch yn flin ar yr un pryd.

12

Y Carchar

Fore trannoeth, daeth yr Athro Garwyn i annerch holl ddisgyblion yr ysgol yn y neuadd. Roedd gweddill yr athrawon ar y llwyfan gydag e – pawb ond Mr ab Elffin. Roedd Cadi Goch wedi gofyn a fyddai Heledd Bowen yn yr ysgol, ond dyna lle roedd hi, ar ei phen ei hunan unwaith eto, yn gwgu yn herfeiddiol ar bawb. Aeth Cadi Ddu yn syth ati ac eistedd wrth ei hymyl.

'Ma Cadi wedi newid,' meddai Tractor yn fyfyriol, wrth ei gwylio'n croesi'r neuadd at ei ffrind newydd.

'Ody,' meddai Cadi Goch, 'ma hi'n casáu fi.'

'Wel,' atebodd Tractor, 'mae'n wir bod hi ddim yn siarad â ti, ond ma 'na rywbeth arall. So hi wedi cwmpo mas 'da fi, ac i ddechrau bydde hi'n iste gyda fi ar y bws a siarad â fi o hyd, ond so hi'n neud hynny bellach, yw hi? A ma ryw olwg od ar ei hwyneb hi o hyd, fel 'se hi ddim cweit yna, ti'mod? Rhyw olwg... dwi ddim yn gwbod, *gwag*. Ti 'di sylwi?'

Ysgydwodd Cadi Goch ei phen.

'So hi'n dod yn ddigon agos i fi weld,' meddai.

Cododd Tractor ei gwar.

'Falle bo' fi'n dychmygu pethe,' meddai, ond roedd hi'n dal i wgu.

'Wyt ti'n meddwl bod Cadi Ddu'n edrych yn wahanol yn ddiweddar, Mo?' gofynnodd Cadi Goch.

'Hmmm?' meddai Mohammed, gan godi ei olygon o gyfrol drwchus o'r enw *Golwg Newydd ar y Rhyfel Cartref*.

Chwarddodd Tractor.

'Paid gofyn iddo fe,' meddai. 'Fydd e byth yn tynnu ei drwyn mas o lyfr am ddigon o amser i sylwi ar ddim byd go iawn!'

'Ti'n iawn, Tractor,' meddai Mohammed. 'Dwi'n dibynnu arna chdi i roi *reports* rheolaidd i mi – *our man in the real world!*'

'Ti'n gweld?' meddai Tractor. 'So fe hyd yn oed wedi sylwi taw merch ydw i! Dwi'n gwbod bo' fi ddim yn gwisgo het binc ffrili fel Cadi Ddu, ond...'

Gwenodd Cadi Goch. Roedd hi'n falch bod Tractor a Mohammed yn ffrindiau eto. Wrth iddyn nhw siarad, roedd y Prifathro wedi cyrraedd y llwyfan. Camodd at y pulpud a dechrau areithio yn ddiseremoni, yn ôl ei arfer.

'Gyfeillion,' meddai, yn ei lais mawr dwfn, 'fe welwch chi fod Mr ab Elffin wedi'n gadael ni. Yn anffodus, roedd rhaid iddo fynd yn ddiymdroi, a hynny am resymau personol. Mae ambell si yn cylchredeg amdano, ond peidiwch â'u credu na'u hailadrodd, da chi. Mi benodwn ni rywun arall yn ei le nes bod Mr Penfras yn holliach. Yn y cyfamser, bydda i'n camu i'r adwy. Wela i chi nes ymlaen, felly.'

A chyda hynny, trodd a gadael y llwyfan.

***

Fel arfer, fyddai Cadi Goch ddim yn gweld yr Athro Garwyn yn aml iawn am na fyddai'n dysgu o wythnos i wythnos. Roedd e wedi llywio ambell sesiwn yn y gorffennol, ac roedd Cadi wedi'u mwynhau ar y cyfan. Testun ei wers y bore hwnnw oedd swynion amddiffynnol. Cofiai Cadi ei weld yn codi wal anweledig i amddiffyn yr ysgol rhag cefnogwyr Cacwn Cêt. Doedd dim disgwyl i'r plant geisio rhywbeth mor uchelgeisiol â hynny, wrth gwrs, ond erbyn diwedd yr awr roedd Cadi wedi dysgu sut i greu rhyw darian wan o ynni hudol – digon i atal ergyd. Atgoffodd y sesiwn hi o rywbeth oedd wedi bod yn ei phoeni ers iddi weld Gwen ar waelod ei gardd yn Llanfair, sef diogelwch ei theulu. Penderfynodd yn y fan a'r lle y byddai'n cwestiynu'r Athro Garwyn am hyn. Ar ddiwedd y wers, wrth i weddill y plant fynd am y drws, aeth hi at y Prifathro, a loetran yn ddisgwylgar wrth iddo bacio ei bethau yn ei hen friffces lledr.

'Cadi,' meddai, gan edrych i fyny. 'Sut alla i fod o gymorth i ti?'

'Dwi wedi gweld fy mam, Prifathro,' meddai Cadi.

Cododd yr Athro Garwyn ei ael, ond ni ddywedodd ddim.

'Yn ein byd ni,' aeth Cadi yn ei blaen. 'Roedd hi ar waelod yr ardd. Triais i siarad â hi, ond mi ddiflannodd. Gwelodd fy nhad hi hefyd, cyn hynny. Ga'th e sioc ofnadw. Meddyliodd ei fod wedi gweld ysbryd. Dwi ddim yn gwbod beth mae hi'n neud, ond dwi'n poeni am fy nheulu. Beth petai hi'n neud rhywbeth iddyn nhw?'

Nodiodd yr Athro Garwyn.

'Dwi'n deall,' meddai. 'Ac rwyt ti eisiau gwybod a allaf i wneud rhywbeth i'w hamddiffyn.'

'Odw,' meddai Cadi, 'os gwelwch chi'n dda.'

'Mae fy ngallu yn llai yn dy fyd di,' meddai'r Prifathro, 'ond galla i roi rhywbeth i ti fydd yn rhoi rhywfaint o warchodfa iddyn nhw. Dwi'n credu y gallai Gwen dorri drwyddo petai'n trio'n ddigon caled, er bod ei grym hithau'n wannach yr ochr draw hefyd, ond bydd yn ei harafu, o leiaf, a rhoi rhybudd i ti. Bydd angen tipyn o amser i'w baratoi, ond dylai fod yn barod erbyn diwedd yr wythnos.'

'Diolch yn fawr,' meddai Cadi.

'Croeso,' meddai'r Prifathro.

Cododd y briffces a throi am y drws, ond yna

sylweddolodd nad oedd Cadi wedi symud.

'Oeddet ti eisiau gofyn rhywbeth arall?' gofynnodd.

'Ym,' meddai Cadi, 'fydd e'n gweithio yn erbyn pobol eraill sy moyn dod yn agos i'r tŷ?'

Roedd hi'n meddwl am Miss Henwen a gyrrwr y bws, neu hyd yn oed Shane Jarvis.

'All unrhyw un o'n byd ni ddim cyrraedd y tŷ,' meddai'r Prifathro, 'oni bai bod swynion grymus ganddyn nhw. Oes gennyt ti reswm dros gredu y bydd rhywun arall yn ceisio ymyrryd â dy deulu?'

'Nag oes,' meddai Cadi'n frysiog, 'dim byd pendant. Meddwl o'n i gallai Gwen yrru rhywun i... wel, i'n brifo ni neu rywbeth.'

Gosododd y Prifathro ei friffces ar y ddesg eto.

'Mae pwyll yn beth da, Cadi,' meddai'n garedig, 'ond gobeithio nad wyt ti'n poeni gormod. Mae Gwen yn ffoi rhag y Gwarchodlu, ac mae'r rhan fwyaf o'i chefnogwyr wedi'u dal, neu wedi cefnu arni ar ôl i ti rwystro ei chynllun. Dydy hi ddim yn gallu gwneud cymaint â hynny o niwed nawr. Hefyd, er gwaetha'r holl ddrwg mae hi wedi'i wneud dros y blynyddoedd, cofia mai dy fam di yw hi. Dwi ddim yn gwybod pam ei bod hi wedi ymweld â dy gartref, ond alla i ddim credu ei bod am achosi dolur i ti. Mae chwerwedd a siom wedi ei gwneud hi'n greulon, mae'n wir, ond nid un greulon oedd hi flynyddoedd yn ôl pan ddes i i'w nabod. Gobeithio y gall hi gofio hynny cyn y bydd hi'n rhy hwyr.'

'Diolch,' meddai Cadi, gan nodio, ond roedd hi'n amau faint o wirionedd oedd yng ngeiriau'r Prifathro. Roedd ei mam wedi'i gwneud yn gwbl glir fod ei huchelgais i fod yn frenhines yn trechu popeth arall. Efallai bod yr Athro Garwyn yn rhy barod i weld y da mewn pobl, fel dywedodd Mrs Tudur. Cofiai Cadi ei fod wedi maddau i Heledd Bowen sawl gwaith. Er gwaetha'r dystiolaeth ei bod hi wedi bod yn cynllwynio rhywbeth ar ran Cacwn Cêt gyda Mr ab Elffin, roedd hi'n dal yn yr ysgol, a heb gael unrhyw gosb, hyd y gallai Cadi weld. Dyna'r ail dro o fewn cwpl o wythnosau, hefyd, meddyliai, ar ôl y busnes gyda'r Swyn Rheoli.

'Wyt ti'n iawn, Cadi?'

Torrodd llais y Prifathro trwy ei meddyliau. Cododd ei golygon i weld ei fod e'n edrych i lawr arni'n graff â'i unig lygad.

'Ydw, Prifathro,' meddai'n frysiog.

'Bant â ti, felly,' meddai'r Athro Garwyn. 'Ddweda i wrthot ti pan fydd y swyn yn barod.'

***

'Dylet ti fod wedi gweud y cwbwl lot wrtho fe,' meddai Tractor y prynhawn hwnnw, wrth iddyn nhw gerdded trwy strydoedd Caerddulas ar ôl sesiwn dysgu Cymraeg arall gyda'r ffoaduriaid. Roedd Cadi wedi dechrau mynychu'r sesiynau hyn er mwyn osgoi gwersi Mrs

Tudur, ond ar ôl dechrau dod i nabod rhai o'r ffoaduriaid a chlywed eu straeon truenus, roedd hi'n awyddus iawn i'w helpu.

'Ni'n dal ddim yn gwbod beth sy'n mynd mla'n,' meddai wrth Tractor. 'Dwi'n gwbod bod dim ots 'da ti am Tom, ond wedes i fydden i ddim yn cael Shane i drafferth, a fydda i ddim.'

Ysgydwodd Tractor ei phen.

'Un stwbwrn wyt ti, Cadi Goch,' meddai.

'Arhoswch!' meddai Mohammed yn sydyn, gan gamu i gyli cul rhwng dau adeilad, gan amneidio ar i'r merched ei ddilyn.

'Be sy?' gofynnodd Tractor, gan sefyll yn stond.

'Hisht!' meddai Mohammed. 'Ty'd yma! Chdi hefyd, Cadi!'

Dilynodd y ddwy ferch ef i'r gyli, gan grychu eu haeliau.

'Rŵan,' meddai Mohammed, gan bipo'n ofalus i'r stryd, 'drychwch pwy sy 'ma!'

Daeth Cadi i sefyll wrth ei ochr, a dilyn ei olwg. Roedd Heledd Bowen a Cadi Ddu yn dod o gyfeiriad y gât.

'Beth maen nhw'n neud yma?' meddai Cadi Goch dan ei gwynt. 'Go brin fod Heledd Bowen yn gwirfoddoli i ddysgu Cymraeg i ffoaduriaid o'r coed!'

'Yn hollol,' meddai Mohammed. 'Beth am i ni eu dilyn nhw?'

Sleifiodd y tri yn ôl i dywyllwch y gyli, ac aros i'r

ddwy ferch basio. Yn fuan, gallen nhw glywed llais main Heledd Bowen.

'... a wedyn, yn ystod y gwyliau, gallet ti ddod i aros 'da fi yng Nghaerdydd. Gallen ni fynd i Techniquest. Ti erioed 'di bod 'na? Ma pob math o bethau cŵl i neud yna. Falle erbyn hynny, bydd Dad yn ôl gyda ni.'

'Ocê,' meddai Cadi Ddu, mewn llais fflat, di-liw.

'Neu falle awn ni i Sir Benfro am wythnos neu ddwy,' aeth Heledd yn ei blaen. 'Ma bwthyn bach 'da fy wncwl ar bwys Tyddewi, ac weithiau ni'n mynd i aros 'na. Ma bwrdd pŵl yna, a *hot tub* yn yr ardd. Byddet ti'n lyfo fe.'

'Ie, siŵr o fod,' oedd yr ateb, eto yn yr un dôn fflat.

Crafodd Cadi Goch ei phen. Doedd Cadi Ddu ddim yn swnio fel hi ei hunan, roedd hynny'n sicr. Ond doedd Heledd ddim chwaith. Roedd Cadi Goch wedi dod i nabod dwy Heledd Bowen: yr un sbeitlyd ac uchel ei chloch, ac yna, ers y Pasg, yr un bwdlyd a dan din. Ond ddim un o'r Heleddau hynny oedd yr Heledd a ddaeth i'r golwg nawr, ei braich trwy fraich Cadi Ddu a gydgerddai â hi yn ddof. Roedd hi'n siriol, yn gyfeillgar ac, yn fwy na dim byd arall, yn siaradus. Doedd Cadi Goch erioed wedi ei chlywed hi'n siarad cymaint â hyn o'r blaen. Ond yn hytrach na datgelu manylion ei chynllwyn, roedd yn parablu am bethau dibwys, gan estyn pob math o wahoddiadau i Cadi Ddu a dderbyniai bob un yn ddiemosiwn.

'Be sy'n bod ar Heledd Bowen?' holodd Tractor mewn penbleth. 'Mae hi'n swnio'n... wel, yn *neis!*'

'Sai'n gwbod,' meddai Cadi Goch. 'Dewch, maen nhw wedi pasio. Gadewch i ni ddilyn nhw.'

'Arhoswch,' meddai Tractor. 'Ma 'da fi Swyn Tynnu Sylw. Os gweithith e, bydd rhywbeth yn tynnu eu sylw bob tro ma rhywun yn edrych arnon ni.'

Mwmialodd rywbeth dan ei gwynt, a chydio yn nwylo Cadi Goch a Mohammed yn eu tro. Teimlai Cadi ryw ias yn rhedeg i lawr ei breichiau, a chlywed y swyn yn ymddangos gyda chlec. Llanwyd yr aer am eiliad ag oglau rhyfedd a gosai gefn ei cheg.

'Waw, Tractor,' meddai Mohammed, 'chwara teg i chdi!'

'Paid edrych arna i fel'na,' meddai Tractor, gan gochi. 'Dwi'n gwrando weithiau yn y dosbarthiadau, ti'n gwbod!'

Aeth y tri yn ôl i'r stryd. Doedd dim golwg o Heledd Bowen a Cadi Ddu. Brysion nhw yn eu blaenau, ac wrth droi cornel, gwelon nhw'r ddwy yn anelu at y sgwâr lle roedd y gât i garchar Cacwn Cêt. Ar gornel y stryd stopiodd Heledd a throi i edrych i bob cyfeiriad fel pe bai am sicrhau nad oedd neb yn ei dilyn. Roedd hi wedi rhoi'r gorau i siarad, ac roedd golwg nerfus ar ei hwyneb. Syllodd hi'n syth ar Cadi Goch a'i ffrindiau, ond edrychodd i ffwrdd yn sydyn, fel petai wedi cael cipolwg ar rywbeth o gil ei llygad. Roedd hi'n amlwg bod swyn Tractor yn gweithio. Trodd Heledd eto ac arwain Cadi Ddu i'r wal garreg ar ochr arall y sgwâr lle safai'r gât haearn. Gallai Cadi Goch weld bod Heledd yn dweud rhywbeth wrth Cadi Ddu, ond doedd hi ddim yn ddigon agos i glywed y geiriau.

'Dewch,' meddai wrth y lleill, 'rhaid i ni fynd yn agosach.'

Dechreuodd y tri groesi'r sgwâr. Roedd Cadi Ddu wedi troi i'w hwynebu, fel petai'n gweithredu fel gwyliwr. Ond bob tro edrychai i'w cyfeiriad, byddai hi ar unwaith yn edrych i ffwrdd. Y tu ôl iddi roedd Heledd yn twrio yn ei bag am rywbeth. Brysiodd Cadi Goch yn ei blaen i weld beth oedd e. Yn ei hast, baglodd dros gobl rhydd a chwympo ar ei phengliniau. Methodd â mygu gwaedd o boen. Mewn fflach, trodd Cadi Ddu a Heledd i edrych i gyfeiriad y sŵn, ond dyna'r ddwy yn troi eu golygon heibio i'r tri ffrind gan wgu'n ddryslyd am na allen nhw weld beth oedd wedi'i achosi. Arhosodd Cadi Goch yn hollol lonydd, gan ddal ei hanadl a cheisio anwybyddu'r boen. Ar ôl eiliad, trodd Heledd ei sylw yn ôl at ei bag. Aeth Cadi Goch yn ei blaen unwaith eto, nes ei bod yn ddigon agos i Heledd i gyffwrdd â hi.

Roedd Heledd wedi ffeindio'r hyn roedd hi'n chwilio amdano yn ei bag – glob bach gwyn oedd yn edrych yn syndod o debyg i lygad, meddyliodd Cadi Goch. Sibrydodd Heledd rywbeth drosto, a dyma'r glob yn codi i'r awyr gan hymian yn isel. Edrychodd Heledd yn frysiog dros ei hysgwydd, ond roedd y sgwâr yn wag ac eithrio Cadi Goch a'i dau ffrind ac, wrth gwrs, welodd Heledd mohonyn nhw, diolch i hud Tractor.

Estynnodd Heledd i mewn i'w bag eto, a thynnu rhywbeth allan a edrychai fel drych bach. Pasiodd ei llaw chwith drosto gan fwmial rhywbeth dan ei gwynt. Wrth edrych dros ysgwydd Heledd, gallai Cadi Goch weld bod gwydr y drych fel petai'n llawn mwg yn chwyrlïo. Ond wedyn, dyna'r mwg yn teneuo a chilio. Camodd Cadi Goch yn ôl yn frysiog gan ofyn a fyddai swyn Tractor yn gweithio mewn drych, ond yna sylweddolodd nad drych cyffredin oedd hwn. Yn lle adlewyrchiad o wyneb Heledd, gwelai Cadi Goch y gât haearn yn y garreg. Roedd y gât fel petai'n dod yn nes. Sylweddolodd Cadi Goch fod y 'llygad' yn symud i gyfeiriad y gât. Roedd hi'n gweld yn y drych beth y gallai'r llygad ei weld! Cofiodd yn sydyn am y llygaid oedd yn yr ystafell wely pan oedd hi a Heledd wedi mynd i geisio casglu dannedd. Sut yn y byd oedd Heledd wedi cael ei bachau ar un o'r rheiny?

Roedd y llygad wedi cyrraedd y gât. I ddechrau, dim ond tywyllwch allai Cadi Goch ei weld yn y drych y tu hwnt i'r bariau, ond o dipyn i beth daeth siapiau aneglur i'r golwg. Cyn pen dim, gallai weld y coridor yn ymestyn i mewn i grombil y bryn. Doedd hi ddim yn gwbl dywyll: roedd ambell belen o olau gwan yn disgleirio mewn cilfachau yn y waliau. Aeth y llygad yn ei flaen nes pasio rhwng y bariau ac i mewn i'r twnnel yr ochr draw. Cododd nes ei fod yn agos at y nenfwd, yn edrych i lawr. Deallodd Cadi Goch pam yn ddigon buan, pan ddaeth pâr o warchodwyr i'r golwg, y ddau yn cario ffyn hir tywyll yn eu dwylo, a chleddyfau yn eu gwregysau. Pasiodd y llygad dros eu pennau yn ddiarwybod iddyn nhw.

Yna aeth y llygad i mewn i siambr fawr gyda rhyw hanner dwsin o warchodwyr arfog. Roedd y golau yn ddisgleiriach yma. Ym mhen arall yr ystafell, roedd rhes o ddrysau mawr haearn, gyda ffenest â bariau drosti ym mhob drws ond un. Aeth y llygad yn nes a hofran o flaen un o'r ffenestri. Y tu ôl i'r bariau, gwelai Cadi Goch ystafell fechan, lwydaidd. Roedd yna ddesg blaen a chadair bren, ac yn y cefn, roedd gwely cul gyda blanced lwyd arno. Ar y gwely eisteddai dyn ifanc mewn dillad llwyd nad oedd yn ei ffitio'n arbennig o dda. Roedd ei ddwylo yn gorffwys ar ei bengliniau, ac roedd yn syllu'n ddiegni o'i flaen. Sylweddolodd Cadi Goch nad oedd yr olygfa yn hollol glir. Roedd hi fel petai'n edrych trwy ddŵr neu rywbeth. Gwyddai ar unwaith pam. Roedd tarian, neu wal o ynni rhwng y bariau – i rwystro'r carcharor rhag bwrw swynion trwyddyn nhw, siŵr iawn.

Symudodd y llygad i'r drws nesaf a datgelu golygfa debyg. Y tu ôl i'r trydydd drws roedd dyn tal a main yn prowlan mewn cylchoedd, fel teigr mewn sw. Roedd rywbeth yn osgo hwn yn gyfarwydd. Pan drodd i gerdded i gyfeiriad y drws gwelodd mai Tamburlaine oedd e, dirprwy Gwen yng Nghacwn Cêt. Roedd y barf bwch gafr taclus wedi mynd ac roedd blew anniben dros ei wyneb. Roedd ei lygaid duon yn mudlosgi.

Yn y gell nesaf roedd wyneb cyfarwydd arall – Gwern Bowen. Clywodd Cadi Heledd yn ebychu dan ei gwynt pan welodd hi ei thad. Roedd golwg druenus arno, ei ysgwyddau wedi gostwng, ei ddwylo'n gorffwys ar ei fola crwn a'i lygaid yn bŵl. Oedodd y llygad wrth y ffenest yn ei ddrws. Gallai Cadi Goch synhwyro fod Heledd dan deimlad wrth iddi graffu ar y ddelwedd yn y drych. O'r diwedd, symudodd y llygad yn ei flaen. Roedd hi'n amlwg fod Heledd wedi ffeindio'r hyn roedd hi'n chwilio amdano.

Gwibiodd y llygad i'r awyr, a throelli'n araf, gan roi trosolwg o'r ystafell danddaearol. Gwelodd Cadi Goch fod gât fetel drom yn un o'r waliau ochr. Roedd ei bariau yn drwchus, ac o'r ffordd y symudai'r siapiau o'i chwmpas fel pe baen nhw mewn tes, gwyddai fod swynion grymus wedi'u gosod arni. Roedd hi'n amlwg bod hyn wedi denu sylw Heledd hefyd, oherwydd hedfanodd y llygad i'w chyfeiriad nes ei fod yn hofran fodfeddi yn unig o'r bariau. Gwelodd Cadi Goch fod rywbeth mawr yn symud y tu ôl iddyn nhw. Rhywbeth mawr iawn, tua maint tarw, meddyliai. Yn sydyn, trodd a neidio tuag at y bariau, fel petai wedi synhwyro bod rhywbeth yno.

Wrth iddo symud yn nes at oleuni'r ystafell, cafodd Cadi Goch gipolwg ar lygad coch, cen tywyll, a dannedd fel cyllyll. Y Bwystfil!

13

Hiraeth

Syllodd Cadi Goch, Tractor a Mohammed mewn arswyd ar y creadur hunllefus yr olwg yn y drych. Agorodd ei safn i ruo, ond dim ond atsain pell y gallen nhw ei glywed. Dim ond lluniau oedd yn cael eu trosglwyddo gan y llygad hud i ddrych Heledd, dim synau. Symudodd y llygad i ffwrdd, a dechrau mynd yn ôl i gyfeiriad y drws i'r twnnel ar hast. Ond yn sydyn, aeth y drych yn ddu.

'O na!' llefodd Heledd. 'Rhaid bo' nhw wedi gweld y llygad, a'i gipio fe!'

Trodd Cadi Ddu, oedd wedi bod yn gwylio am warchodwyr, i gyfeiriad llais Heledd. Wrth i'w llygaid basio'r man lle safai Cadi Goch a'i ffrindiau, agoron nhw'n llydan mewn syndod.

'Beth yn y byd...?' meddai.

Rhwbiodd ei llygaid, a chraffu eto.

'Beth?' meddai Heledd.

'O'n i'n siŵr bo' fi wedi gweld rhywun yn sefyll tu ôl

i ti,' meddai Cadi Ddu. 'Dau neu dri o bobol, a gweud y gwir, ond sdim golwg ohonyn nhw nawr!'

Edrychodd y tri ffrind ar ei gilydd mewn braw. Roedd swyn Tractor yn dechrau gwanhau.

'Ti'n dychmygu pethau!' meddai Heledd yn chwyrn. 'Helpa fi! Rhaid i fi gael gwared ar y drych 'ma!'

Rhedodd hi at y wal garreg uchel ar ochr ddeheuol y sgwâr a thaflu'r drych drosti â'i holl nerth. Plyciodd Tractor lawes Cadi Goch ac amneidio arni i symud. Dechreuodd y ddwy ferch a Mohammed gerdded mor gyflym ag y meiddien nhw oddi wrth Cadi Ddu. Gallen nhw glywed twrw y tu ôl i'r gât: sŵn traed a lleisiau blin.

'Dere, Cadi!' gwaeddodd Heledd. 'Rhaid i ni fynd!'

Safai Cadi Ddu yn stond o flaen y gât, gan ysgwyd ei phen yn araf fel petai rhywbeth yn ei drysu. Cydiodd Heledd yn ei llaw a'i llusgo i gyfeiriad y stryd. Dechreuodd Cadi Goch a'i ffrindiau redeg i'r un cyfeiriad. Wrth edrych dros ei hysgwydd, gwelodd Cadi Goch Heledd yn arafu, fel petai rhywbeth wedi tynnu ei sylw, ond yna cynyddodd ei chyflymder eto. Trodd Cadi Goch hithau ac anelu ei cham at gornel y stryd. Wrth iddi gyrraedd, clywodd glindarddach y gât haearn a gwich y bachau. Rowndiodd Heledd a Cadi Ddu'r cornel jyst mewn pryd. Gallen nhw glywed traed y gwarchodwyr yn y sgwâr, a llais yn cyfarth gorchmynion. Ond doedd Heledd ddim yn canolbwyntio ar hynny. Roedd hi'n syllu ar Cadi Goch a'i ffrindiau, a doedd dim amheuaeth na allai hi eu gweld nhw.

'Beth y'ch chi'n neud 'ma?' cyfarthodd.

'Beth y'ch *chi*'n neud 'ma?' atebodd Cadi Goch.

Ond cyn i neb ddweud dim byd arall, dyma hanner dwsin o warchodwyr arfog yn eu cylchynu. Camodd y capten ymlaen.

'Beth y'ch chi'n neud 'ma?' gofynnodd.

'Dyna beth mae pawb moyn gwbod,' meddai Tractor dan ei gwynt.

Agorodd Heledd ei cheg i ateb, ond torrodd Cadi Goch ar ei thraws.

'Ni 'di bod yn y castell yn dysgu Cymraeg i'r ffoaduriaid yno,' meddai.

Edrychodd y capten arnyn nhw yn ddrwgdybus.

'Pam eich bod mor fyr eich gwynt?' gofynnodd. 'Ydych chi wedi bod yn rhedeg?'

''Dan ni'n hwyr,' esboniodd Mohammed. 'Roeddan ni'n rhedeg yn ôl am yr ysgol, ond glywon ni dwrw yn y sgwâr, a stopio i weld beth oedd yn digwydd.'

Nodiodd y capten yn swta.

'Weloch chi rywun arall yma?' holodd.

'Do,' meddai Tractor. 'Rhywun yn rhedeg o'r sgwâr. Ges i ddim cyfle i weld ei wyneb. Rhedodd e lan y stryd i gyfeiriad y castell.'

Nodiodd Cadi Goch, a gwelodd o gil ei llygad

fod Mohammed yn gwneud yr un peth. Edrychodd Heledd yn syn am eiliad, ond dyna hi'n nodio hefyd.

'Do,' meddai, 'welais i fe hefyd.'

Gwgodd y capten arnyn nhw, ond wedyn trodd at ei ddynion.

'Archwiliwch y strydoedd rhwng y sgwâr a'r castell yn drylwyr,' meddai. 'Cwestiynwch bawb a gofyn ydyn nhw wedi gweld dyn ag ôl brys arno fe, neu unrhyw un sy wedi bod yn ymddwyn yn od. Arhosa i yma gydag Elidir, rhag ofn ei fod yn troi'n ôl.'

Trodd yn ôl at y plant.

'Ewch chi,' meddai. 'Dy'ch chi ddim eisiau bod hyd yn oed yn hwyrach.'

'Diolch, syr,' meddai Heledd yn sebonllyd.

Rhochiodd y capten, a throi ei sylw at y stryd a arweiniai i gyfeiriad y castell. Dechreuodd y plant gerdded i'r cyfeiriad arall. Unwaith eu bod wedi troi'r cornel, edrychodd Heledd ar Cadi Goch, ei hwyneb crwn yn llawn amheuaeth.

'Pam ddwedest ti gelwydd wrthyn nhw?' gofynnodd.

'Achos bo' fi moyn gwbod be ti'n neud,' meddai Cadi Goch, 'a fydden i byth yn ffeindo mas 'set ti'n cael dy arestio. Beth *wyt* ti'n neud?'

'Dim o dy fusnes di,' meddai Heledd yn bwdlyd.

'So hi'n rhy hwyr i fi fynd yn ôl a gweud y gwir wrth y boi 'na o'r Gwarchodlu,' meddai Cadi Goch.

'Olréit, olréit,' meddai Heledd. 'Os oes rhaid i chi wbod, o'n i eisiau gweld fy nhad.'

'Ha!' meddai Tractor. 'Ti'n disgwyl i ni gredu hynny? Mae'n amlwg bod ti'n cynllwynio rhywbeth ar ran Cacwn Cêt. Beth yw e?'

'Does dim ots 'da fi am Gacwn Cêt!' meddai Heledd yn gryg. 'Dwi jyst yn poeni am fy nhad, dyna i gyd.'

Roedd ei hwyneb yn goch, ac roedd hi'n edrych fel petai am grio. Rhoddodd Cadi Ddu ei braich o'i chwmpas a'i harwain i ffwrdd i gyfeiriad y gât.

'Gadewch lonydd iddi, wnewch chi?' meddai dros ei hysgwydd.

Chwyrnodd Tractor.

'Dylai hi gael Oscar am y perfformiad 'na,' meddai. *'Dwi jyst yn poeni am fy nhad...'*

Dynwaredodd hi lais main Heledd yn berffaith. Gwenodd Cadi Goch, ond doedd hi ddim mor siŵr bod Heledd yn ffugio.

'C'mon, genod,' meddai Mohammed. ''Dan ni'n hwyr iawn erbyn hyn.'

★★★

Amser cinio ddydd Gwener, roedd Cadi Goch yn eistedd gyda Tractor, yn oedi dros ei phwdin ac yn meddwl am ddigwyddiadau'r dyddiau diwethaf. Roedd Mohammed eisoes wedi gadael i ofyn rhyw gwestiwn neu'i gilydd i'r Pwll Gwybodaeth, a doedd dim pwynt ceisio siarad â Tractor tra ei bod hi'n bwyta, felly troi cwestiynau yn dawel yn ei phen oedd ei hunig opsiwn. Yn sydyn, daeth yn ymwybodol o rywbeth bach, tywyll yn gwibio ar hyd y ffreutur i'w chyfeiriad hi. Trodd i weld Gwawrddur, gwiwer ddu yr Athro Garwyn, yn neidio i'r gadair wag yn ei hymyl lle roedd Mohammed wedi bod yn eistedd. Yn ei cheg roedd rholyn o bapur, wedi'i glymu â rhuban du. Neidiodd o'r gadair i'r ford a gosod y papur o flaen Cadi. Datglymodd Cadi'r rhuban ac agor y rholyn. Llythyr byr, wedi'i ysgrifennu mewn llawysgrifen flêr oedd e. Gyda chryn anhawster, darllenodd Cadi:

Annwyl Cadi,
Tyrd i'm gweld cyn diwedd yr egwyl ginio.
Mae gennyf rywbeth i ti.

Yna roedd llofnod hollol annarllenadwy. Roedd Tractor wedi codi o'i chadair a dod i ddarllen y llythyr dros ysgwydd Cadi Goch.

'Beth yn y byd ma fe'n gweud?' gofynnodd.

Cododd Cadi ei hysgwyddau.

'Alla i ddim darllen e,' meddai, 'ond rhaid taw yr Athro Garwyn sgrifennodd e. Pwy arall fyddai wedi anfon llythyr gyda'i wiwer? Ma fe wedi neud y Swyn Amddiffyn i fi, siŵr o fod.'

Nodiodd Tractor.

'Well i ti fynd 'te,' meddai.

'Af i nawr,' meddai Cadi Goch. 'Dwi ddim wir moyn mwy o'r gacen 'ma.'

Chwarddodd Tractor.

'Ma 'na rywun sy moyn hi,' meddai.

Gwelodd Cadi fod Gwawrddur yn dal i eistedd ar y ford, ac yn syllu'n eiddgar ar yr hanner sleisen o gacen siocled ar ei phlât.

'Cer amdani,' meddai Cadi, gan godi ar ei thraed.

Cerddodd yn glou at ddrws y ffreutur. Tu ôl iddi, roedd Gwawrddur yn mynd i hwyl â'r gacen. Cyn pen dim cafodd Cadi Goch ei hunan y tu allan i swyddfa'r Athro Garwyn. Cododd ei dwrn i guro ar y drws, ond cyn iddi wneud daeth llais yr Athro o'r ochr arall.

'Cadi! Tyrd i mewn.'

Agorodd y drws heb gymorth yr un enaid byw, gan ddatgelu ystafell flêr y Prifathro. Roedd y dyn ei hun yn sefyll ar yr hen gadair freichiau yr eisteddai ymwelwyr arni ac yn sgubo llwch oddi ar res o lyfrau ar silff gyda brwsh plu.

'Fel arfer dwi'n gwneud Swyn Twtio,' meddai'n siriol, 'ond am ryw reswm dyw e ddim yn gweithio heddiw. Rhaid 'mod i wedi camgofio un o'r cynhwysion.'

Hopiodd i lawr o'r gadair, a cherdded yn ofalus y tu ôl i'w ddesg, gan osgoi pentyrrau o bapurach ar y llawr yn ddeheuig. Yng nghornel yr ystafell safai'r arfwisg a'i helmed sinistr. Taflodd yr Athro y brwsh plu i'w chyfeiriad, ac er mawr syndod i Cadi, saethodd ei braich allan i'w ddal.

'Eistedda, Cadi,' meddai'r Athro, gan bwyntio at yr hen gadair freichiau.

Eisteddodd yntau, wrth i Cadi suddo'n ôl yn sêt feddal y gadair. Roedd hi wedi meddwl o'r blaen nad oedd yn edrych yn gyfforddus iawn, a dyma hi'n darganfod yn awr ei bod yn iawn.

'Diolch am ddod,' meddai'r Athro Garwyn. 'Fel rwyt wedi dyfalu...'

Stopiodd e yng nghanol brawddeg ac edrych o gwmpas.

'Ble mae Gwawrddur?' gofynnodd.

'Roedd e yn y ffreutur pan adawes i,' meddai Cadi.

'Hmmm,' meddai'r Athro. 'Wnest ti ddim ei fwydo fe, naddo?'

'Ym...' meddai Cadi, gan gochi, 'ga'th e dipyn bach o gacen. Mae'n ddrwg gen i.'

'Paid ymddiheuro,' meddai'r Athro, 'fi sy ar fai. Dylwn i fod wedi rhagweld y byddai'r hen folgi'n begian! Dim gwahaniaeth – wneith tamaid o gacen ddim drwg iddo fe. Ta waeth, fel rwyt ti wedi dyfalu, mae'n debyg, rwy wedi paratoi'r Swyn Amddiffyn i ti. Do'n i ddim eisiau ei rhoi hi i ti o flaen y lleill: dydyn ni ddim eisiau i sïon am y Frenhines Cêt fynd o gwmpas yr hen ysgol 'ma. Dwi'n siŵr nad wyt ti wedi dweud dim wrth neb – ond dwi ddim yn cyfrif Mohammed, Tractor a'r Cadi arall, wrth gwrs.'

Ysgydwodd Cadi ei phen.

'Na, dwi ddim wedi dweud dim wrth neb ond nhw,' meddai.

A ddim hyd yn oed pob un ohonyn nhw, meddyliodd yn drist.

'Go dda,' meddai'r Athro.

Twriodd mewn drôr yn ei ddesg, a thynnu allan potel fach wydr. Y tu mewn roedd yna bowdwr llwydlas, a befriai'n wan fel petai'n cynhyrchu ei olau ei hunan. Estynnodd yr Athro y botel dros y ddesg i Cadi, a gododd ar ei thraed i'w derbyn. Wrth wneud, cyffyrddodd ei phenelin â phentwr o sgroliau rhisgl bedw ar ymyl y ddesg a lithrodd strim-stram-strellach i'r llawr. Roedd clec syfrdanol o uchel, a thasgodd gwreichion amryliw dros y lle. Dyma fwg du trwchus yn codi o'r carped lle glanion nhw. Neidiodd Cadi yn ôl mewn braw.

'S-sori,' meddai.

'Paid â phoeni,' meddai'r Athro yn ddigyffro. 'Ddylwn i ddim cadw pethau fel hyn ar y ddesg, mewn gwirionedd.'

Twriodd ym mhoced brest ei siwt a thynnu allan hances wen annisgwyl o fawr. Taflodd e hi i'r awyr gan fwmial dan ei wynt, a dyna hi'n arnofio i lawr dros y rhan o'r carped a oedd yn llosgi, gan fygu'r tân ar unwaith.

'Eistedda, Cadi,' meddai eto.

Eisteddodd Cadi'n ôl yn y gadair anghyfforddus ac edrych ar y botel yn ei llaw.

'Gwranda'n ofalus,' meddai'r Athro. 'Bydd rhaid i ti daenu hwn mewn cylch o gwmpas y tŷ. Does dim llawer, felly gofala na fyddi di'n tywallt gormod ar y dechrau. Mae'n bwysig hefyd dy fod yn cadw ychydig ar ôl – bydd dau neu dri gronyn yn ddigon. Paid â phoeni am dy rieni na dy gymdogion – rwy wedi ychwanegu cynhwysyn sy'n golygu na fydd neb yn cymryd llawer o sylw wrth i ti osod y swyn. Gorau oll os wyt ti'n ei wneud cyn canol nos. Bydd yr hud yn mynd yn wannach wedyn. Cadwa'r tipyn sydd ar ôl yn dy ystafell. Bydd yn newid lliw os bydd rhywun o Annwfn yn croesi'r llinell.'

'Diolch, syr,' meddai Cadi, gan roi'r botel yn ddiogel yn ei phoced.

'Croeso,' meddai'r Prifathro. 'Fyddi di'n dweud wrtha i beth ddigwyddith, fyddi di?'

'Bydda, syr,' meddai Cadi, gan deimlo'n anghyffordus, am fod ganddi ryw syniad bod yr Athro Garwyn yn gwybod yn iawn ei bod hi eisoes yn cadw rhai pethau oddi wrtho.

***

Pan gyrhaeddodd Cadi Goch adre y noson honno, aeth hi mas a thywallt y powdwr llwydlas mewn cylch o gwmpas y tŷ. Roedd yr Athro Garwyn wedi gwneud ei waith yn dda. Er bod Sandra a sawl un o'r cymdogion yn ei gweld hi wrthi, wnaeth dim un ohonyn nhw drafferthu gofyn iddi beth oedd hi'n ei wneud. Cadwodd ychydig o'r powdwr yng ngwaelod y botel, a'i gosod wrth erchwyn ei gwely. Sawl tro yn ystod gyda'r nos, aeth i edrych arno, ond wnaeth y lliw ddim newid hyd yn oed fymryn. Pan ddiffoddodd hi'r golau i fynd i gysgu y noson honno, gwelai ei fod yn disgleirio yn y tywyllwch. Yn y golau gwan glasaidd, edrychai'r dodrefn adnabyddus yn ei hystafell yn rhyfedd a hyd yn oed yn frawychus. Gorweddodd yn effro am amser hir cyn mynd i gysgu o'r diwedd.

Ddydd Sadwrn, roedd hi'n bwrw glaw yn sobor. Aeth Sandra â Gethin i'r pwll nofio yn Llanrhystud, a threuliodd Cadi a'i thad y prynhawn yn yr atig yn mynd trwy focsys o hen ddillad a theganau i benderfynu pa rai i'w cadw ar gyfer y babi newydd.

'Ti'n iawn, Cads?' gofynnodd Dad. 'Ti braidd yn dawel heddi.'

Nodiodd Cadi.

'Ti ddim yn becso am y babi, wyt ti?' aeth e yn ei flaen. 'Dyw'r ffaith...'

Stopiodd, a chlirio ei lwnc.

'Dwi'n gwbod bod ti weithiau yn teimlo yn, wel, yn wahanol, am nad dy fam go iawn yw Sandra,' meddai, 'ond gobeithio bod ti'n gallu gweld bod hi'n dy garu di fel merch.'

Nodiodd Cadi eto.

'Sandra *yw* fy mam, i bob pwrpas,' meddai.

Rhoddodd Dad ei fraich am ei hysgwyddau, a'i gwasgu. Roedd tawelwch am eiliad. Cafodd Cadi'r argraff bod ei thad hi dan deimlad. Ar ôl ychydig, dywedodd hi:

'Pam bod ti byth yn siarad am M—, ym, am Gwen?'

Ochneidiodd Dad.

'Y gwir yw,' meddai'n araf, gan edrych ar ei ddwylo, 'bo' fi ddim yn cofio rhyw lawer. Ma hynny'n swno'n rhyfedd, ond mae fel petai rhyw niwl rhyngddo i a'r adeg 'na yn fy mywyd.'

Ysgydwodd ei ben.

'Sa i hyd yn oed yn cofio ble mae ei bedd hi,' aeth yn ei flaen, fel pe na bai wedi meddwl am hynny o'r blaen. 'Ma galar yn gallu neud pethau od i bobol, medden nhw.'

'Dwi wedi clywed hynny,' meddai Cadi, ond roedd hi'n amau taw rhywbeth arall oedd yn gyfrifol am y niwl hwn.

***

Y noson honno, gorweddai Cadi yn ei gwely, yn gwrando ar y glaw yn erbyn y ffenest. Roedd hi'n meddwl am eiriau ei thad y prynhawn hwnnw. Roedd hi'n amlwg fod Gwen wedi bwrw swyn arno fel na fyddai'n cofio manylion ei diflaniad. Canlyniad hynny oedd amddifadu Cadi o'r straeon amdani y byddai hi wedi'u trysori pan oedd hi'n iau. Cofiai faint oedd hi wedi ysu am wybod mwy am ei mam, a pha mor drist roedd hi'n teimlo pan fyddai Cadi Ddu a'i mam hithau'n chwerthin wrth gofio am gampau Cadi Ddu yn fabi. '*Typical* Gwen,' meddyliodd, 'dim ond yn meddwl amdani hi ei hunan.' Roedd ei mam hi'n ddigon parod i aberthu bywydau ei dilynwyr er mwyn gwireddu ei breuddwyd o lywodraethu dros Annwfn: dim syndod felly nad oedd ganddi ots am deimladau ei merch. Gallai Cadi deimlo dicter poeth yn codi yn ei brest. Fyddai hi byth yn cysgu os na allai droi ei meddwl at rywbeth na fyddai'n ei chorddi cymaint.

Yn sydyn, sylweddolodd fod y golau gwan o'r botel wrth erchwyn ei gwely wedi newid lliw. Roedd yna arlliw cochlyd iddo. Rhaid bod Gwen, neu rywun o'r Byd Arall, yn ceisio croesi'r llinell o gwmpas y tŷ! Taflodd Cadi gip ar y cloc: chwarter wedi canol nos. Roedd y tŷ yn gwbl dawel: rhaid bod Dad a Sandra yn cysgu erbyn hyn. Neidiodd o'i gwely a lapio gŵn wisgo am ei hysgwyddau. Stwffiodd ei hudlath i'w phoced, rhag ofn. Aeth hi'n sydyn trwy'r tŷ tywyll at y drws ffrynt. Gwisgodd ei welis a chodi'r tortsh o'i fachyn. Tynnodd y bollt yn ôl mor dawel â phosib, a llithro allan i'r glaw. Yng ngoleuni'r tortsh gallai weld bod wal o egni wedi neidio i fyny o'r cylch o bowdwr llwydlas – wal dryloyw, ond roedd popeth yr ochr draw iddi yn edrych ychydig yn gam, fel petai dan ddŵr. Dilynodd y wal o gwmpas y tŷ i gyfeiriad yr ardd gefn. Dyna lle roedd Gwen yn sefyll ar y lawnt yn y glaw, yr ochr draw i'r wal amddiffynnol, ei breichiau wedi'u plethu, a'i gwallt coch yn hongian mewn cudynnau gwlyb.

'Diolch am y croeso, Cadi,' meddai, gan wenu'n gam ac amneidio ar y wal, a hisiai yn isel yn nhawelwch y nos.

'Pam ddylen i groesawu ti?' gofynnodd Cadi'n ffyrnig. 'Be ti'n neud yn stelcian yn yr ardd ganol nos?'

Ochneidiodd Gwen, a lledu ei dwylo, fel petai am gydnabod yr hyn roedd Cadi wedi'i ddweud.

'Dwi'n gwbod nad wyt ti'n ymddiried yndda i,' meddai, 'a dwi ddim yn dy feio di, ond dwi ddim am achosi niwed i ti na neb yma. Y gwir plaen yw 'mod i'n unig. Fel byddai dy dad yn dweud, dwi'n miso chi.'

14

Y Swyn yn Torri

'Celwydd!' meddai Cadi Goch, ei dyrnau'n cau mewn dicter. 'Ti 'di trial hyn o'r blaen, cofia. Wnaeth e ddim gweithio bryd hynny, a fydd e ddim yn gweithio nawr! Dwi'n gwbod popeth am dy gynllwyn gyda Shane Jarvis a Miss Henwen i ddwyn y Pair Dadeni.'

Roedd Cadi hithau'n dweud celwydd, wrth gwrs. Doedd ganddi ddim syniad mewn gwirionedd am natur y cynllwyn, ond roedd hi'n gobeithio y gallai dwyllo ei mam trwy ddatgelu ei bod yn gwybod pwy oedd ei chyd-gynllwynwyr. Pe bai Gwen yn meddwl bod Cadi'n gwybod y cyfan, efallai byddai'n rhannu rhyw gyfrinach.

Ond chwerthin yn uchel wnaeth Gwen.

'Miss Henwen?' meddai'n wawdlyd. 'Wyt ti wir yn meddwl y byddwn i'n cynllwynio gyda'r dwpsen honno? Ci bach ffyddlon yw hi i Garwyn a Cilcoed. Mae'n amlwg dy fod di wedi drysu. Dwi'n gwbod dim am unrhyw gynllwyn. Efallai ei bod hi'n anodd i ti ddychmygu hyn, ond ro'n i'n hollol ddiffuant pan ddwedais i 'mod i'n gweld dy eisiau di, a gweld eisiau dy dad hefyd. Ond mae'n amlwg bod dy gasineb wedi dy ddallu di i hynny.'

'Os ti'n meddwl cymaint am Dad a fi, pam wnest ti fwrw swyn arno fe fel na all e gofio dim amdanot ti?' gwaeddodd Cadi. 'Oes gen ti unrhyw syniad sut oedd hi i fi, yn gwbod dim am fy mam, ddim hyd yn oed sut oedd hi'n edrych?'

Ochneidiodd Gwen eto.

'Dwi'n gwbod dy fod yn meddwl mai anghenfil ydw i,' meddai, 'ond do'n i ddim isie i ti dyfu lan heb fam. Bwrais i'r swyn ar dy dad fel y gallai anghofio amdana i yn sydyn a charu rhywun arall a fyddai'n fam i ti. Ac mi weithiodd hefyd. Beth bynnag am wendidau Sonia, neu beth bynnag yw ei henw hi, mae'n amlwg ei bod hi'n dy garu di fel merch.'

Roedd pen Cadi yn troi. Agorodd ei cheg, ond allai hi feddwl am ddim byd priodol i'w ddweud, felly fe gaeodd hi'n glep eto. Y funud honno, clywodd draed ar y clos a llais dyn. Roedd hi'n amlwg fod Gwen wedi'u clywed hefyd. Trodd a thoddi i mewn i'r tywyllwch heb air. Gwelodd Cadi siâp tywyll yn rowndio cornel y tŷ. Cododd y tortsh mewn un llaw, a chydio yn ei hudlath gyda'r llall, a dyna lle roedd Shane Jarvis, yn wlyb sopen mewn siaced ledr, yn codi ei law i gysgodi ei lygaid.

'Hello?' meddai.

Cododd Cadi ei hudlath.

'Get away from me, Shane Jarvis!' gwaeddodd.

'Okay, okay,' meddai hwnnw, 'keep your hair on. I just came to see if everything was alright. I heard shouting. Can you stop shining that light in my face?'

Gostyngodd Cadi'r tortsh. Syllodd Shane arni hi yn y gwyll.

'Hold on,' meddai, 'you're Tom's mate, aren't you? Carrie, is it? What are you doing out in the rain in the middle of the night?'

'What are *you* doing out in the rain in the middle of the night?' meddai Cadi.

Ysgydwodd Shane ei ben.

'Is this all the thanks I'm going to get for coming to check you were okay?' meddai. 'If you have to know, I'm on my way home from the Black. A couple of pints and a game of pool with Huw Socs. Now, you might be happy standing out in the rain in your dressing gown, and that's your business, but I'm going home to my nice dry house. Goodnight!'

'You're lying!' gwaeddodd Cadi. 'I know you're up to something with Miss Henwen and my... Queen Cêt!'

'What are you ranting about?' meddai Shane yn flin. 'You want to get your head checked!'

A bant ag e. Safodd Cadi am eiliad yn syllu ar ei ôl, y dŵr yn diferu o'i gwallt ac yn rhedeg i lawr ei chefn. Ai cyd-ddigwyddiad oedd bod Shane Jarvis a Gwen yn yr un lle ar yr un pryd fel hyn? Er gwaetha geiriau teg ei mam, roedd hi'n dal i'w hamau hi. Erbyn hyn roedd hi'n wlyb at ei chroen a bron â sythu. Brysiodd yn ôl i'r tŷ i sychu ei hunan ac i newid ei phyjamas.

★★★

Bore dydd Llun, roedd Cadi Goch yn ysu am gael dweud y cwbl wrth Tractor. Pan fyrddiodd hi'r bws, fodd bynnag, gwelodd fod Cadi Ddu yn eistedd yn ymyl Tractor. Rhythodd ar y ddwy yn syn. Doedd Cadi Ddu ddim wedi eistedd gyda Tractor ers wythnosau. Cododd Tractor ei hysgwyddau fel petai'n dweud 'dwi ddim yn ei deall hi chwaith'.

'Helô, Cadi,' meddai Cadi Ddu. 'Ti'n iawn? Shwt benwthnos gest ti?'

'Ym, iawn,' meddai Cadi Goch mewn penbleth.

Eisteddodd gyferbyn â'r ddwy. Gwenodd Cadi Ddu arni'n llawen, ond wedyn daeth gwg i'w thalcen.

'Ma 'da fi ryw syniad bo' ni wedi ffraeo,' meddai, 'ond dwi ddim yn gallu cofio pam. Ife breuddwyd oedd e?'

Edrychodd Cadi Goch a Tractor arni mewn anghrediniaeth. Roedden nhw wedi sylwi yn ddiweddar bod Cadi Ddu yn ymddwyn yn od, ond roedd hi hyd yn oed yn fwy od heddiw. Edrychodd Cadi Goch ar Tractor yn frysiog. Tynnodd honno wep a thapio ochr ei phen â'i bys i ddangos ei bod yn meddwl bod Cadi Ddu wedi colli ei phwyll.

'Ym...' meddai Cadi Goch, 'ie, breuddwyd oedd hi, mae'n rhaid.'

'O, da iawn,' meddai Cadi Ddu yn siriol.

Gwgodd Cadi Goch.

'Ym, shwt ma Heledd Bowen?' gofynnodd.

Cododd Cadi Ddu ei hysgwyddau.

'Sai'n gwbod,' meddai. 'Pam ti'n gofyn?'

'Dim rheswm,' meddai Cadi Goch. 'Ma'r ddwy o'noch chi'n dipyn o ffrindiau yn ddiweddar, 'na i gyd.'

Chwarddodd Cadi Ddu.

''Sen i ddim yn gweud hynny,' meddai. 'Dwi ddim yn nabod hi, rili, ond dwi wedi clywed pob math o bethau amdani hi gen ti.'

Crafodd ei phen.

'Wedi gweud hynny, ma gen i ryw gof bo' fi wedi siarad â hi yn ddiweddar,' aeth yn ei flaen. 'Breuddwyd arall, falle!'

'Falle,' meddai Cadi Goch yn ansicr.

'Ta beth,' meddai Cadi Ddu, 'dyna ddigon o siarad am yr hen Heledd Bowen 'na. Shwt ma Sandra? Oes bola mawr 'da hi?'

'Oes,' meddai Cadi Goch, 'mae'n tyfu bob dydd.'

Ond dim ond hanner ei meddwl oedd yn canolbwyntio ar y sgwrs tra bod yr hanner arall yn gofyn yn ofer beth oedd wedi achosi i Cadi Ddu anghofio popeth am y ffrae ac am ei chyfeillgarwch â Heledd Bowen. Ai swyn oedd wedi achosi hyn? Ac os felly, pwy oedd wedi bwrw'r swyn arni? A pham?

★★★

Doedd Heledd Bowen ddim yn y gwersi y bore hwnnw. Yn y prynhawn, aeth Cadi Goch, Tractor a Mohammed i Gaerddulas eto i ddysgu Cymraeg i'r ffoaduriaid. Wrth gwrs, trafodon nhw Cadi Ddu a Heledd ar y ffordd, ond doedd gan neb unrhyw gynnig am beth oedd achos ymddygiad y gyntaf nac absenoldeb yr ail. Dechreuodd Cadi Goch ddisgrifio ei sgwrs â'i mam wrth iddyn nhw ddringo strydoedd serth yr hen brifddinas, ond yn sydyn, cododd Mohammed ei law.

'Hisht!' meddai. 'Gwrandwch!'

Stopiodd y tri a moeli eu clustiau. Gallen nhw glywed lleisiau yn dod o un o'r strydoedd cul a arweiniai oddi ar y brif heol i ddrysfa o dai a siopau bach. Roedd un llais yn fain ac yn gwynfanllyd: llais Heledd Bowen! Roedd hi fel petai'n dadlau â dyn am rywbeth. Edrychodd y tri phlentyn ar ei gilydd.

'C'mon,' meddai Cadi Goch, 'ond yn dawel bach. Ti ddim yn gallu neud y swyn 'na eto wyt ti, Tractor?'

Ysgydwodd Tractor ei phen.

'Sori,' meddai, 'sdim o'r cynhwysion 'da fi heddi.'

'Rhaid i ni fod yn ofalus, felly,' meddai Cadi Goch.

Cripiodd y tri ar flaenau eu traed i geg y stryd gul, gan geisio cadw yn y cysgodion cymaint ag y gallen nhw. Cyn hir gwelodd Cadi Heledd Bowen. Roedd hi'n siarad â dyn mawr mewn siwt flêr a oedd â'i gefn atyn nhw.

'Rhaid i ti helpu fi,' roedd Heledd yn dweud, a thinc ymbilgar yn ei llais.

'Alla i ddim!' meddai'r dyn yn bendant, ac roedd ei lais rywsut yn gyfarwydd. 'Dwi wedi dweud hyn droeon. Maen nhw'n gwylio'r tŷ o hyd.'

Taflodd gip dros ei ysgwydd, a chiliodd Cadi Goch i gysgod drws yn frysiog, ond ddim cyn iddi weld wyneb cydymaith Heledd Bowen: Mr ab Elffin.

'Dylet ti ofni 'nhad, ddim ioncs y Gwarchodlu,' sgyrnygodd Heledd. 'Fydd e ddim yn hapus iawn i glywed bo' chi ddim yn fy helpu i rhagor.'

'Â phob parch, Heledd,' atebodd Mr ab Elffin, â thinc diamynedd yn ei lais, 'mae dy dad yn y carchar. All e wneud dim i fi o'r fan yna. Dydd da i ti!'

A chyda hynny, camodd Mr ab Elffin i dŷ cyfagos a chau'r drws yn glep yn wyneb Heledd.

'Gawn ni weld am hynny!' gwaeddodd honno, gan anelu cic at y drws.

Trodd wedyn a rhuthro i lawr y stryd fel corwynt. Gwasgodd Cadi Goch a'i ffrindiau i mewn i'r drws a throi eu hwynebau i ffwrdd. Ychydig gysgod oedd yno i dri ond, yn ffodus iddyn nhw, doedd Heledd ddim yn sylwi ar ddim o'i chwmpas, cymaint oedd ei chynddaredd. Wrth iddi fartsio heibio, gallai Cadi Goch glywed ei llais, yn hisian yn ffyrnig:

'Fe dalith e am hyn!'

Unwaith ei bod hi wedi diflannu o amgylch y cornel, dychwelodd y tri i'r stryd.

'Beth oedd hi moyn i Mr ab Elffin neud, sgwn i?' gofynnodd Cadi Goch.

'Beth am i ni fynd i ofyn iddo fo?' meddai Mohammed.

Camodd at y drws roedd Mr ab Elffin newydd fynd trwyddo, y ddwy ferch wrth ei gwt, a churo arno'n uchel. Roedd tawelwch am eiliad. Yna, llais Mr ab Elffin.

'P-pwy sydd yna?'

Edrychodd Mohammed ar Cadi Goch a Tractor, gan godi ei aeliau fel petai'n gofyn 'Beth ddylwn i ddweud?' Cododd Tractor ei hysgwyddau. 'Y Gwarchodlu,' gwefusodd Cadi Goch. Cododd Mohammed ei fys bawd a chlirio ei lwnc.

'Y Gwarchodlu, Mr ab Elffin,' meddai mewn llais dwfn. 'Hoffen ni gael gair sydyn hefo chi.'

'Ym, iawn,' meddai Mr ab Elffin. 'Dwi'n dod.'

Roedd yr ofn yn amlwg yn ei lais. Clywodd y plant sŵn bolltau yn cael eu symud, ac yna agorodd y drws y mymryn lleia i ddatgelu wyneb gwelw Mr ab Elffin. Pan welodd e Mohammed yn sefyll yn y drws a'r ddwy ferch y tu ôl iddo, fflachiodd ei lygaid â dicter.

'Cerwch o 'ma!' rhuodd. 'Does gen i ddim amser am gemau gwirion!'

Ceisiodd gau'r drws yn eu hwynebau, ond estynnodd Tractor fraich a chydio yn y drws. Roedd hi'n gryfach na Mr ab Elffin, ac o fewn dim o dro roedd hi wedi'i rwygo o'i afael a'i agor led y pen.

'Ni moyn gair 'da chi, gw'boi,' meddai'n fygythiol, 'ac os y'ch chi ddim yn ateb ambell i gwestiwn, byddwn yn mynd yn syth at y Gwarchodlu i weud bo' chi 'di bod yn cynllwynio â Heledd Bowen ar ran Cacwn Cêt. Mae'n debyg bydde diddordeb 'da'r Athro Garwyn, hefyd...'

Ochneidiodd Mr ab Elffin, a chamu i'r naill ochr.

'O'r gorau,' meddai yn anfodlon. 'Dewch mewn. Dwi ddim am drafod hyn allan yn y stryd.'

Dilynodd y plant Mr ab Elffin i gyntedd moethus gyda phaneli pren tywyll ar y waliau, a phlanhigion ecsotig yr olwg mewn potiau. Crogai cyfres o baentiadau olew ar y waliau, bob un yn bortread o ddyn neu ddynes mewn dillad crand, bob un yn syllu'n llym. Roedd wynebau rhai ohonynt yn debyg iawn i wyneb Mr ab Elffin. Arweiniodd Mr ab Elffin y plant i ystafell fawr gyda nenfwd uchel, wedi'i beintio i efelychu'r awyr liw nos, yn llawn sêr o amgylch lleuad gorniog. Ar un wal, edrychai ffenestri llydan ar y stryd. Roedd y wal gyferbyn wedi'i gorchuddio â silffoedd llyfrau, yn llawn cyfrolau trwchus wedi'u rhwymo mewn lledr coch, a'r teitlau mewn aur. Ar y waliau eraill, roedd yna ragor o bortreadau, a llu o bennau anifeiliaid anffodus oedd wedi syrthio'n brae i helwyr brwd teulu Mr ab Elffin. Roedd yna fleiddiaid yn ysgyrnygu ar ei gilydd, baeddod gwyllt ysgithrog, cwpl o uncyrn a rhywbeth erchyll oedd yn edrych yn lled debyg i grocodeil. Afanc, meddyliodd Cadi Goch, gan gofio'r sgerbwd yn y Labordy. Ond er bod yr ystafell yn edrych yn ddigon crand ar yr olwg gyntaf, gyda golwg agosach roedd hi braidd yn ddi-raen. Roedd lliwiau'r carped trwchus dan draed wedi pylu, ac roedd haenen o lwch dros bopeth. Roedd y ford goffi yng nghanol y llawr wedi colli un goes, ac roedd yna bentwr o lyfrau yn ei lle.

Pan oedd pawb yn yr ystafell, fe gaeodd Mr ab Elffin y drws a throi at y plant gyda golwg flin ar ei wyneb. Sylweddolodd Cadi Goch fod botwm ar goll o'i siaced, ac roedd gwyfynod wedi bod yn cnoi ei siwmper.

'Beth ydych chi ei eisiau?' gofynnodd Mr ab Elffin yn gwta.

'Beth y'ch chi a Heledd Bowen yn neud?' holodd Cadi Goch.

Chwarddodd Mr ab Elffin.

'Dim byd,' meddai. 'Os ydych chi wedi bod yn gwylio'r tŷ, byddwch chi'n gwybod fy mod i wedi'i hanfon hi i ffwrdd.'

'Iawn,' meddai Cadi Goch, 'ond ro'ch chi'n neud rhywbeth gyda hi cyn i chi gael eich cico mas o'r ysgol. Rhywbeth i helpu Cacwn Cêt. Beth oedd e?'

Ysgydwodd Mr ab Elffin ei ben.

'Dwi erioed wedi gwneud dim i gynorthwyo'r Cacwn,' meddai. 'Hen geiliogod fel Tamburlaine yn chwifio eu baneri hyll, ac yn rhygnu mlaen am yr hen ddyddiau da pan fyddai'r werin bobl yn llyfu'n traed ni, ac yn y blaen. Fallai bod Cornelius, fy mrawd annwyl, wedi mopio ei ben â nhw, ond ddim fi. Does gen i ddim diddordeb mewn gwleidyddiaeth – mae'n ddiflas iawn. Fydda i byth yn deall pam byddai rhywun peniog fel mam Cadi 'ma yn rhoi heibio gyrfa lwyddiannus er mwyn cuddio mewn ogof damp yn y coed a chynllwynio i ddechrau rhyfel. Nid fy syniad i o fywyd!'

Gwgodd Cadi Goch. Doedd hi ddim yn deall.

'Ond ro'ch chi'n helpu Heledd Bowen, o'ch chi?' meddai. 'Pam?'

Chwarddodd Mr ab Elffin eto, ond yn chwerw y tro hwn.

'Pam? Roedd hi'n talu. Mae teulu Heledd Bowen yn fochaidd o gyfoethog, wyddoch chi, ac rwy angen pres. Mae'n costio'n ddrud i fyw mewn tŷ fel hwn. Os na alla i gael fy machau ar fwy o arian, a hynny ar fyrder, efallai bydda i'n rhannu ogof gyda'r Frenhines Cêt wedi'r cwbl!'

Roedd yna dawelwch am eiliad. Yna chwyrnodd Mr ab Elffin.

'Peidiwch edrych arna i fel'na,' meddai'n flin. 'Mae'n

hawdd i chi blantos fod yn egwyddorol, ond rwy'n byw yn y byd go iawn, a does dim byd yn syml.'

'Beth yn union oeddach chi a Heledd yn neud?' gofynnodd Mohammed, gan anwybyddu'r sylw olaf.

Ochneidiodd Mr ab Elffin.

'Roeddwn i'n benthyca cynhwysion o gypyrddau'r ysgol a'u rhoi nhw i Heledd,' meddai.

'*Dwyn* cynhwysion o gypyrddau'r ysgol a'u *gwerthu* nhw iddi hi, dach chi'n feddwl,' meddai Mohammed.

Cododd Mr ab Elffin ei ddwylo.

'Iawn,' meddai'n bwdlyd, 'roeddwn i'n dwyn cynhwysion o'r cypyrddau a'u gwerthu i Heledd.'

'Pa gynhwysion?' mynnodd Cadi Goch.

'Cynhwysion ar gyfer Swyn Rheoli, yn bennaf,' meddai Mr ab Elffin. 'Pan welodd yr hen wrach Bronwen Tudur Heledd yn ceisio bwrw Swyn Rheoli ar Cadi, dechreuodd fusnesa, a gweld bod cynhwysion wedi mynd o'r cypyrddau. Dim ond aelodau'r staff all agor y cypyrddau hynny, a dyma hi'n fy nghyhuddo o ddwyn ar unwaith. Dyw hi erioed wedi fy hoffi i, ac roedd hi'n gwybod bod gen i... ym, trafferthion ariannol. A nawr, rwy wedi colli fy swydd, does gen i ddim ffordd o gael fy nwylo ar gynhwysion i'w gwerthu, ac mae'r Prifathro'n mynnu fy mod yn talu am yr hyn a gymerais i o storfa'r ysgol. Mae hi ar ben arna i.'

Suddodd i gadair freichiau a sychu ei dalcen gyda hances fawr frwnt.

'Chi sy ar fai am hynny,' meddai Mohammed yn chwyrn. 'Peidiwch disgwyl i ni deimlo piti!'

Agorodd Mr ab Elffin ei geg i ateb, ond torrodd Cadi Goch ar ei draws. Roedd hi'n teimlo ei bod yn dechrau deall beth oedd ar droed.

'Faint o gynhwysion y Swyn Rheoli wnaethoch chi werthu i Heledd?' gofynnodd. 'Digon i fwrw'r swyn unwaith?'

'Nage,' atebodd Mr ab Elffin, 'llawer mwy na hynny. Rhaid ei bod hi'n ceisio rheoli rhywun dros amser hir.'

Trodd Cadi Goch at y lleill.

'Cadi Ddu!' meddai. 'Dyna pam ei bod hi wedi bod yn bihafio mor od yn ddiweddar. A nawr, ma'r swyn yn torri achos bod Heledd wedi rhedeg mas o gynhwysion. Rhaid i ni ffeindio Cadi Ddu i weld ydy hi'n cofio unrhyw beth am gynllwyn Heledd!'

15

Cynllwyn Heledd

Doedd dim rhaid i Cadi Goch a'i ffrindiau fynd i chwilio am Cadi Ddu – hi oedd y person cyntaf iddyn nhw ei weld pan gyrhaeddon nhw'r ysgol. Roedden nhw wedi penderfynu dod yn ôl yn syth ar ôl siarad â Mr ab Elffin yn lle mynd i siarad â'r ffoaduriaid. Teimlai Cadi Goch eu bod ar fin deall y cynllwyn roedd Heledd Bowen a Miss Henwen yn rhan ohono. Ei syniad oedd i gydio yn Cadi Ddu wrth iddi adael dosbarth Mrs Tudur a'i holi, gan obeithio y byddai'n gallu cofio rywfaint o'r hyn roedd Heledd wedi'i drafod â hi. Y peryg oedd y byddai Heledd yn cael ei bachau arni cyn iddyn nhw gael cyfle i siarad â hi a gwneud rhywbeth i'w rhwystro. Wrth gyrraedd gatiau'r ysgol, roedden nhw'n disgwyl cael eu herio unrhyw funud am eu bod i fod yng Nghaerddulas. Bwriad Cadi Goch oedd honni eu bod wedi troi'n ôl am nad oedd hi'n teimlo'n dda. Ond welon nhw neb, nes iddyn nhw gyrraedd y Cwad. Dyna lle roedd Cadi Ddu'n dod allan o ddrws y twr, ei chot wedi'i lapio yn dynn o'i chwmpas. Gwelodd hi Cadi Goch a'i chymdeithion a chyffroi'n lân. Rhedodd atyn nhw.

'Dwi'n cofio popeth!' meddai.

Agorodd ei cheg i ddweud rhywbeth arall, ond cydiodd Cadi Goch yn ei braich.

'Ddim fan hyn,' hisiodd.

'Beth am fynd i'r coed?' meddai Mohammed. 'Fydd neb yn medru busnesa fan'na.'

'Syniad da, Mo,' meddai Cadi Goch.

Arweiniodd hi'r criw yn ôl trwy'r gât, gan edrych dros ei hysgwydd o hyd rhag ofn bod rhywun yn eu gwylio. Ddaeth neb i'w rhwystro, fodd bynnag. Roedd pawb yn brysur mewn dosbarthiadau ac ati, a neb yn gweld y pedwar plentyn yn brysio ar draws y tir agored o flaen prif fynedfa'r ysgol a phlymio i mewn i'r coed. Daethon nhw o hyd i lecyn cudd mewn pant coediog lle roedd yna rywfaint o gysgod rhag y gwynt main. Trodd Cadi Goch at Cadi Ddu.

'Iawn,' meddai. 'Dwed bopeth wrthon ni!'

'Chi'n cofio bo' fi'n methu cofio pethau ar y bws y bore 'ma?' meddai Cadi Ddu. 'Ddim yn cofio bo' ni wedi cwmpo mas, na bo' fi wedi bod yn hala amser 'da Heledd Bowen?'

Nodiodd Cadi Goch a Tractor.

'Wel, roedd hi'n amlwg i Mrs Tudur bod rhywbeth yn bod arna i,' aeth Cadi Ddu yn ei blaen. 'Roedd hi'n gofyn cwestiynau i fi am y gwaith ro'n i wedi'i neud gyda Heledd a pethau, ac ro'n i'n gwadu bo' fi erioed wedi neud e. Felly gyrrodd hi fi at Miss Olwen i weld beth oedd yn bod. Wedodd Miss Olwen bod hi'n amlwg 'mod i wedi bod dan ddylanwad swyn grymus, a hynny dros gyfnod go hir. Wedodd hi bod drysu a cholli cof yn sgil effeithiau reit gyffredin. Naeth hi i fi yfed rhyw ddiod ych-a-fi...'

Crychodd Cadi Ddu ei thrwyn wrth gofio'r blas.

'Ro'n i'n meddwl bo' fi'n mynd i fod yn sic, ond yn sydyn roedd hi...'

Oedodd, ac ysgwyd ei phen.

'Mae'n anodd esbonio,' meddai. 'Roedd fel petai rhywun wedi rhoi *hairdryer* wrth fy nghlust i chwythu mwg mas o 'mrêns i. Ond yn sydyn, dyma'r atgofion yn llifo'n ôl yn un gawdel. Bron i fi gwmpo off fy nghadair! Wedodd Miss Olwen y dylen i orwedd lawr am bach nes bo' fi'n teimlo'n iawn, ond ro'n i wedi cofio am ein ffrae ni ac am beth roedd Heledd wedi'i neud, ac ro'n i'n gwbod bod rhaid i fi ffeindio ti i esbonio. Roedd Heledd wedi bwrw swyn arna i...'

'Ni'n gwbod,' meddai Cadi Goch. 'Ro'n ni'n chwilio amdanot ti i weud 'thot ti. Ni newydd weld Mr ab Elffin, a wedodd e fod e 'di bod yn gwerthu cynhwysion Swyn Rheoli i Heledd. Dyna pam o't ti'n ffrind mawr iddi hi mwya sydyn – hud oedd e!'

'Wel...' meddai Cadi Ddu, 'mae'n fwy cymhleth na

hynny. Ond sdim amser 'da ni i drafod hynny nawr. Y peth pwysig yw bo' fi'n cofio be ma Heledd yn bwriadu neud. Ma hi'n mynd i achub ei thad o'r carchar!'

'A beth am y Pair?' gofynnodd Cadi Goch. 'A Shane Jarvis? A Miss Henwen?'

'Miss Henwen?' meddai Cadi Ddu yn ddryslyd.

Yn frysiog, esboniodd Cadi Goch am y cyfarfod rhwng Shane Jarvis a Miss Henwen, ac am ymddangosiad Gwen yn Llanfair. Ysgydwodd Cadi Ddu ei phen.

'Sai'n cofio clywed dim am y Pair gan Heledd,' meddai hi, 'nac am Shane na Miss Henwen. A gweud y gwir, doedd hi ddim yn sôn am Gacwn Cêt o gwbl, rili, dim ond faint oedd hi'n colli ei thad. Dwi'n gwbod bod hi 'di neud rhywbeth ofnadw i fi, a dwi'n grac iawn am hynny, ond dwi'n credu bod hi'n ferch drist iawn, ac yn unig. Dyw Beca a'i chriw ddim yn siarad â hi nawr, fel chi'n gwbod. Roedd hi moyn i fi helpu hi i achub ei thad, a dyna pam bod hi wedi bwrw'r swyn arna i, mae'n rhaid, ond dwi hefyd yn credu bod hi jyst moyn cwmni.'

Meddyliodd Cadi Goch am y sgwrs roedd hi wedi'i chlywed rhwng Heledd a Cadi Ddu ar y stryd yng Nghaerddulas, a Heledd yn gyffro i gyd wrth drafod yr holl bethau allai'r ddwy wneud â'i gilydd. Efallai bod unigrwydd yn rhan o'i chymhelliad, ond roedd achub ei thad o'r carchar yn rhan o gynllwyn Cacwn Cêt, roedd Cadi Goch yn siŵr o hynny.

'Dwed bopeth ti *yn* gwbod am y cynllwyn wrthon ni,' meddai wrth Cadi Ddu.

'Ma un o'r milwyr sy'n gwarchod y carchar yn ffrind i deulu Heledd,' meddai Cadi Ddu. 'Cynog Bengrych yw ei enw fe. Ma fe 'di bod yn bwydo gwybodaeth i Heledd am y carchar. Ma ganddyn nhw fwystfil – yr Afanc maen nhw'n galw fe, ond so fe'n debyg i unrhyw afanc dwi wedi gweld. Yn ystod y dydd, ma criw o warchodwyr yno drwy'r amser, ond yn y nos maen nhw i gyd yn mynd adre ac yn gadael yr Afanc mas o'i gaets i browlan yn y cyntedd. Dyna pryd mae Heledd Bowen yn mynd i drial achub ei thad.'

'Ond beth am yr Afanc?' meddai Tractor, gan gofio'r creadur arswydus roedden nhw wedi'i weld yn nrych Heledd.

'Ddeudodd Dr ab Einion fod Afancod yn ofni eu hadlewyrchiad,' meddai Mohammed. 'Maen nhw'n meddwl bod bwystfil arall am ymosod arnyn nhw.'

Nodiodd Cadi Ddu.

'Dyna beth wedodd Cynog wrth Heledd hefyd,' meddai.

'Basa angan drych reit fawr!' meddai Mohammed.

'Ma hi 'di meddwl am hynny,' meddai Cadi Ddu. 'Prynodd hi swyn gan Mr ab Elffin fydd yn creu drych rhithiol anferthol. Bydd Cynog yn cwrdd â hi tu fas i'r carchar ar ôl i bawb fynd, a'i gadael hi mewn. Bydd e'n gadael drws cell tad Heledd ar agor. Gwaith Heledd fydd delio â'r Afanc.'

'Pam fod y Cynog 'ma ddim yn gneud y cwbl ei hunan os ydy o'n gymint o ffrind i'r teulu?' meddai Mohammed.

Cododd Cadi Ddu ei hysgwyddau.

'Dwi ddim yn gwbod,' meddai. 'Tipyn o lwfrgi, falle. Ddim moyn colli ei swydd.'

'Pryd ma hyn yn mynd i ddigwydd?' gofynnodd Cadi Goch.

'Nos Wener,' meddai Cadi Ddu. 'Ond dwi'n ofni falle bydd hi'n newid ei chynlluniau nawr. Bydd hi'n gwbod bo' fi ddim dan ei swyn hi bellach ac yn ofni y bydda i'n dweud wrth rywun. Falle bydd hi'n gweithredu yn gynt.'

Nodiodd Cadi Goch.

'Galla i weld hynny,' meddai. 'Alli di esgus bod ti ddim yn cofio dim? Os ti'n neud yn siŵr bod hi'n meddwl hynny, siawns bydd hi'n stico i'r cynllun gwreiddiol. Ma hynny'n rhoi ychydig ddyddiau i ni i drial ei rhwystro hi.'

***

Y pnawn hwnnw, gwnaeth Cadi Ddu sioe fawr o ddweud nad oedd triniaeth Miss Olwen wedi gweithio ac na allai gofio rhyw lawer am yr wythnosau diwethaf. Wrth iddyn nhw gerdded heibio i Heledd Bowen ar y ffordd i mewn i'r wers olaf, dwedodd Tractor yn uchel:

'Edrych Cadi, dyna dy ffrind gorau ti!'

'Pwy?' meddai Cadi Ddu, gan esgus drysu.

'Heledd!' sibrydodd Tractor yn uchel.

'Heledd Bowen?' meddai Cadi Ddu. 'Ni ddim yn ffrindiau – dwi ddim yn nabod hi o gwbl, mewn gwirionedd.'

'Ond ti'n dilyn hi fel ci bach ers dyddie!' meddai Tractor.

'Odw i?' meddai Cadi Ddu. 'Sai'n cofio dim. Ma'r swyn 'ma wedi neud llanast o 'mrêns i! Dwi fel Tad-cu...'

Tra bod y ddwy yn siarad, roedd Cadi Goch a Mohammed yn gwylio Heledd. Roedd hi'n gwrando'n astud, yn amlwg.

'Da iawn, Cadi,' meddai Cadi Goch o dan ei gwynt wrth iddyn nhw i gyd eistedd wrth yr un bwrdd.

'Gei di wobr am y perfformiad yna!' meddai Mohammed. 'A Best Supporting Actor i Tractor, wrth gwrs!'

'Supporting Actor?' meddai Tractor. 'Co-star, diolch yn fawr!'

Chwarddodd y ddau.

'Hisht!' meddai Cadi Goch.

Roedd pennau yn troi i'w cyfeiriad i weld beth oedd y jôc.

'Sori!' gwefusodd Tractor.

Y funud honno, brasgamodd yr Athro Garwyn i'r ystafell, a thawelodd pawb ar unwaith.

'Dwi ddim yn gwybod amdanoch chi,' meddai'n siriol, 'ond ces i ginio ofnadwy o dda, a dwi wedi ymlacio gormod i wneud unrhyw beth trwm. Beth am i ni gael bach o hwyl? Dwi am ddysgu i chi sut i newid lliw. Gwyliwch hyn!'

Mwmialodd rywbeth dan ei wynt, ac yna dynnu anadl ddofn a'i dal. I ddechrau, ddigwyddodd ddim byd. Yna sylweddolodd y plant fod gwallt gwyn yr Athro'n dechrau tywyllu. Roedd yna dinc piws iddo. Cyn hir, roedd yr un lliw â betysen. O dipyn i beth, lledodd y lliw dros ei wyneb ac yna i'w ddillad. Eiliadau yn ddiweddarach, roedd e'n biws tywyll o'i gorun i'w sawdl. Yna, ysgydwodd ei ben yn ffyrnig, a diflannodd y lliw o bob rhan o'i gorff ac eithrio un glust. Cododd Mohammed ei law.

'Ym, syr,' meddai, 'eich clust chi...'

'Wps!' meddai'r Athro, gan dapio ochrau ei ben gyda'i ddwy law. 'Mae hynny'n digwydd weithiau.'

Dychwelodd lliw naturiol y glust ar unwaith. Gwenodd yr Athro ar ei gynulleidfa.

'Pwy sydd eisiau dysgu sut i wneud hynny?' gofynnodd.

Cododd pawb fraich ar unwaith. Trodd Mohammed at y merched, yn wên o glust i glust.

'Mae o gymint gwell na'r hen Mr ab Elffin,' meddai.

16

Yr Afanc

DEUDDYDD YN DDIWEDDARACH, ymgasglodd y criw yn y Cwad amser cinio. Roedd hi wedi bod yn bwrw eirlaw yn ystod y bore, ond erbyn hyn roedd heulwen gwan yn tywynnu arnyn nhw. Stampiodd Mohammed ei draed i gadw'n gynnes.

'Ydy pawb yn barod am nos Wenar, 'lly?' gofynnodd.

Nodiodd y lleill eu pennau.

'Dwi'n credu,' meddai Cadi Goch. 'Gobeithio na fydd ein rhieni ni'n gofyn gormod o gwestiynau, 'na i gyd.'

Rhyngddyn nhw, roedden nhw wedi creu gwe o gelwydd golau. Roedd Shiny a Sandra yn meddwl bod Cadi Goch yn mynd i aros dros nos gyda Tractor. Roedd rhieni Cadi Ddu yn meddwl ei bod hi'n mynd i dreulio'r penwythnos gyda Heledd Bowen yn nhŷ haf ei hwncwl yn Sir Benfro. Roedd rhieni Tractor yn meddwl ei bod hi'n mynd i aros gyda Cadi Ddu, tra bod rhieni Mohammed yn meddwl ei fod yntau'n mynd i weld ei gefnder ym Manceinion. Eu bwriad, wrth gwrs, oedd i aros yn Annwfn er mwyn ceisio rhwystro cynllun Heledd Bowen.

'Piti bo' ni ddim yn gallu defnyddio'r swynion i gadw'n rhieni rhag gofyn gormod o gwestiynau am yr ysgol,' meddai Tractor. 'Bydde hynny'n reit handi!'

★★★

Roedd yr haul eisoes wedi disgyn y tu ôl i'r fforest, ond gallai'r pedwar plentyn weld ei olau cochlyd ar gopaon gwynion y mynyddoedd yn y gogledd-ddwyrain. Roedd yn staenio boliau'r cymylau carpiog oedd yn hwylio uwchben y coed du nes iddyn nhw edrych yn fflamgoch. Roedd yr awyr yn tywyllu uwchben y gwastatiroedd a orweddai i'r dwyrain o Lyn Dulas, ac roedd y sêr cyntaf yn ymddangos. Roedd hi'n ddychrynllyd o oer, a chrëwyd cymylau llai gan anadl y pedwar wrth iddyn nhw sleifio mas o lwyn o goed ar ysgwydd y bryn lle safai Academi Gwyn ap Nudd ac edrych i lawr ar y ddinas ar y llyn. Roedd goleuadau ym mhob tŷ, bron, erbyn hyn, a dawnsiai adlewyrchiad ohonynt ar y dyfroedd anesmwyth.

'Dwi bron â sythu,' cwynodd Tractor, gan rwbio ei dwylo yn erbyn ei gilydd.

Nodiodd Cadi Ddu yn fud. Roedd ei dannedd yn clecian gormod i siarad.

'Ma popeth yn dawel nawr,' meddai Cadi Goch. 'Rhaid

bod pawb wedi gadael yr ysgol a chroesi i'n byd ni erbyn hyn. Awn ni i'r carchar i aros am Heledd.'

Ceisiodd beidio â meddwl am y plant eraill yn camu i noswaith fwyn Cymru ac yn tynnu eu cotiau yn ddiolchgar. Roedd pawb yn falch o gael symud, beth bynnag, a dyma nhw'n brysio i lawr y llethr at y ffordd fach a nadreddai i fyny o lan y llyn i'r ysgol. Oedon nhw y tu ôl i glawdd i wneud yn siŵr nad oedd aelod o staff yr ysgol yn pasio. Doedden nhw ddim am orfod ateb cwestiynau anodd. Roedd Tractor wedi paratoi Swyn Tynnu Sylw, ond doedden nhw ddim eisiau gwastraffu hwnnw eto. Yn ffodus, doedd neb ar y ffordd, felly rhedon nhw ati, a mynd i gyfeiriad y bont, eu sgarffiau a'u hetiau yn dynn am eu clustiau. Rhyw ganllath o'r bont, ymunai'r heol fach â'r brif ffordd o'r gorllewin. Roedd rhywfaint o deithwyr ar hon, ond roedden nhw'n brysio yn eu blaenau, eu pennau i lawr, yn awyddus i gyrraedd lloches eu tai clyd, a wnaethon nhw ddim talu sylw i'r plant. Croeson nhw'r bont heb gael eu herio, a throi am y stryd gyfarwydd a arweiniai i fyny'r bryn i gyfeiriad yr hen balas.

'Os 'dan ni'n medru cyrraedd o flaen Heledd,' meddai Mohammed, 'yna gallwn ni'i stopio hi rhag agor y gât. Dyna fysa ora, yn bendant!'

'Welon ni ddim hi yn gadel yr ysgol,' meddai Cadi Goch, 'felly dwi'n credu taw ni fydd yna gynta.'

'Ia,' meddai Mohammed, 'ac mae pawb yn gwybod beth i wneud wedyn.'

Wrth iddo siarad, brysiodd dyn i'w cyfeiriad, ei ben i lawr a'i ddwylo'n ddwfn yn ei bocedi. Stopiodd a throi i edrych arnyn nhw.

'Mohammed?' meddai. 'Ti sy 'na?'

'Ym, ia,' meddai Mohammed yn ddryslyd.

Roedd y sgarff drwchus o amgylch gên y dyn yn gwneud ei lais yn aneglur, ac yn y gwyll doedd y plant ddim yn adnabod ei wyneb chwaith.

'Orosius sy 'ma!' meddai. 'Mr ab Elffin! Lwcus ein bod ni wedi cwrdd fel hyn. Roeddwn i'n bwriadu gyrru gair atat ti yn yr ysgol i ddweud bod gen i rywbeth i ti. Ti'n gwybod, y ddogfen roeddet ti'n sôn amdani hi. Dere gyda fi! Mae hi yn y tŷ. Ddim yn bell – rhyw gan llath, dim mwy!'

'Ym...' meddai Mohammed, 'dwi'n eitha prysur ar hyn o bryd.'

Roedd yn amlwg ei fod rhwng dau feddwl.

'Paid â phoeni,' meddai Mr ab Elffin, 'fydd hi ddim yn cymryd mwy nag eiliad i bicio heibio a'i chasglu hi. Un peth yn llai i fi ei wneud fory.'

Cydiodd ym mraich Mohammed a'i lywio i gyfeiriad stryd gul gerllaw.

'Ym, iawn,' meddai Mohammed. 'Rhoswch chi yma, genod. Bydda i'n ôl mewn chwinciad.'

'O, peidiwch â gwrando arno fe!' galwodd Mr ab Elffin yn siriol.

Roedd ei hwyliau wedi newid yn llwyr ers y tro diwethaf iddyn nhw ei weld.

'Dewch gyda ni! Mae'n rhy oer i chi sefyll allan yn y stryd yn disgwyl amdano fe.'

'Dim diolch, Mr ab Elffin,' meddai Cadi'n bendant. 'Arhoswn ni yma!'

'Ydych chi'n siŵr?' meddai Mr ab Elffin.

Nodiodd y tair yn bendant. Cododd Mr ab Elffin ei ysgwyddau.

'Dere gyda fi, Mohammed,' meddai. 'Fyddwn ni ddim yn hir, ferched!'

'Be sy'n digwydd, Mo?' gwefusodd Cadi Goch, wrth i Mr ab Elffin droi a dechrau cerdded i gyfeiriad ei dŷ.

'Ddeuda i wedyn,' hisiodd Mohammed, gan frysio ar ôl Mr ab Elffin.

'Beth yn y byd?' gofynnodd Tractor, wrth iddyn nhw rowndio'r gornel a diflannu o'r golwg.

Ysgydwodd Cadi Goch ei phen mewn rhwystredigaeth.

'Dim syniad,' meddai. 'Gobeithio fydd e ddim yn cymryd oes. Ni ddim moyn i Heledd gyrraedd o'n blaenau ni.'

'Ym,' meddai Cadi Ddu, 'rhy hwyr!'

Pwyntiodd i gyfeiriad ffigur bach, wedi'i lapio mewn cot drwchus, oedd newydd eu pasio ac yn anelu am sgwâr y carchar. Roedd Cadi Goch yn adnabod cerddediad Heledd Bowen.

'O na!' llefodd. 'Be wnawn ni?'

Edrychodd ar Heledd, ac yna ar y man lle roedd Mohammed a Mr ab Elffin wedi diflannu, ei phen yn troi. Beth ddylai hi wneud? Erbyn hyn, roedd Heledd wedi diflannu o'r golwg. Doedd dim amser i'w golli.

'Cadi,' meddai Cadi Goch, 'aros di fan hyn i esbonio wrth Mohammed be sy 'di digwydd pan ddeith e'n ôl. Tractor, dere 'da fi!'

A heb aros am ateb, rhuthrodd i gyfeiriad y carchar. Gallai glywed Tractor yn pwffian y tu ôl iddi, wrth iddi wneud ei gorau i gadw gyda hi. Roedden nhw bron â chyrraedd y sgwâr pan bowliodd criw llawen o dylwyth allan o fwyty reit o'u blaenau nhw, yn canu ac yn chwerthin. Llwyddodd Cadi i stopio mewn pryd, ond dyna Tractor yn rhedeg ffwl pelt i mewn i un ohonyn nhw, dynes llond ei chroen mewn clogyn plu, a'i tharo i'r llawr. Roedd yna ddryswch swnllyd o sgrechian a rhegi.

'Gwylia ble ti'n mynd, wnei di?' meddai'r dyn oedd wedi bod yn cerdded gyda'r fenyw anffodus, a thinc blin yn ei lais.

'Gwyliwch chi ble *chi*'n mynd!' atebodd Tractor yn boeth.

Roedd yna floeddio dig o blith y cwmni. Mwmialodd Cadi gwpl o eiriau drwg roedd hi wedi'u clywed ar wefusau Shiny pan oedd hwnnw'n flin. Doedd ganddi ddim amser am hyn.

'Sori,' meddai wrth y dyn, oedd yn helpu'r ddynes yn ôl i'w thraed. 'Mae'n ddrwg iawn gyda ni, ond ni ar frys. Rhaid i ni fynd!'

Cydiodd yng ngarddwrn Tractor, a'i llusgo hi trwy'r dorf.

'Sori!' meddai eto wrth y ddynes, oedd wedi codi ac yn rhwbio ei braich.

Cyrhaeddon nhw gornel y sgwâr, a gweld Heledd yn siarad â rhywun ar bwys gât y carchar. Dim ond cysgodion yn y gwyll oedden nhw erbyn hyn, ond roedd yr ail ffigur cryn dipyn yn fwy na Heledd – Cynog y gwarchodwr, mae'n siŵr. Wrth iddyn nhw wylio, dyma fe'n estyn ei law, a gallen nhw glywed cyfres o gliciadau o'r gât. Rhoddodd Heledd rywbeth iddo, ac yna fe drodd e a cherdded bant yn gyflym. Edrychodd Heledd o'i chwmpas yn sydyn, ac yna gwthio'r gât ar agor a llithro i mewn.

'C'mon!' meddai Cadi Goch wrth Tractor, a dechreuodd y ddwy redeg ar draws y sgwâr. Roedd Heledd wedi cau'r gât y tu ôl iddi, ond doedd hi ddim wedi'i chloi. Edrychodd Cadi Goch ar Tractor.

'Be wnawn ni?' sibrydodd.

Llyncodd Tractor ei phoer.

'Rhaid i ni fynd mewn,' meddai'n benderfynol.

Nodiodd Cadi Goch. Roedd ei choesau'n crynu ag ofn, ac roedd ei gwddf yn sych. Roedd hi'n gallu cofio dannedd miniog a llygaid ffyrnig yr Afanc. Eto i gyd, doedd hi ddim am adael i Heledd ryddhau ei thad a'i gyfeillion i helpu dwyn y Pair Dadeni. Ac os oedd Heledd Bowen yn ddigon dewr i wynebu'r Afanc, wel, roedd hithau hefyd. Roedd Cadi Ddu wedi dweud bod gan Heledd swyn i ddelio â'r bwystfil: byddai rhaid iddyn nhw obeithio bod hwnnw'n gweithio. Amneidiodd ar Tractor i'w dilyn hi, a gwthiodd y gât ar agor. Ond wrth iddi gamu dros y rhiniog, clywodd sŵn traed y tu ôl iddi. Trodd i weld Mohammed a Cadi Ddu yn rhedeg ar draws y sgwâr atyn nhw.

'Be sy'n digwydd?' meddai Mohammed, ei wynt yn ei ddwrn.

'Ma Heledd wedi mynd mewn,' sibrydodd Cadi Goch. 'Rhaid i ni ddilyn!'

Nodiodd Mohammed.

'Aros di fan hyn,' meddai wrth Cadi Ddu. 'Os... os oes rhwbath yn digwydd, dos i gael help.'

'Dwi isie dod gyda chi!' meddai Cadi Ddu. 'Dwi isie helpu!'

Cydiodd Cadi Goch yn ei llaw.

'Dwi'n gwbod,' meddai, 'ond ma Mo yn iawn. Rhaid i rywun aros fan hyn rhag ofn...'

Nodiodd Cadi Ddu yn swta. Roedd Cadi Goch yn gallu teimlo'r tensiwn yn ei chorff. Gwasgodd ei llaw.

'Byddwn ni'n iawn,' meddai, gan ddymuno nad oedd ei llais yn swnio mor sigledig.

Trodd at Mohammed a Tractor.

'Dewch,' meddai.

Aeth y tri dros y rhiniog gyda'i gilydd, a chychwyn i fyny'r coridor tywyll. Gallen nhw glywed synau annifyr o grombil y carchar: rhyw rochian, neu chwyrnu isel. Creodd Mohammed belen o oleuni a'i chysgodi yn ei ddwylo. Dihangodd digon o'r goleuni rhwng ei fysedd i'r tri allu gweld lle roedden nhw'n mynd, ond y gobaith oedd na fyddai'n bradychu eu presenoldeb i Heledd nac i unrhyw un (neu unrhyw beth) arall a fyddai o'u blaenau nhw. Roedd y sŵn yn cynyddu wrth iddyn nhw gerdded ymhellach ar hyd y coridor. Doedd dim amheuaeth nawr: sŵn anifail anferth oedd e. Stopiodd Mohammed a throi i wynebu'r merched.

'Cadi,' sibrydodd, 'wyt ti'n cofio be ddeudodd Dr ab Einion am afancod? D'yn nhw ddim yn medru gweld y lliw oren am ryw reswm.'

'Fydd e ddim yn gallu gweld gwallt Cadi, felly,' meddai Tractor. 'Diddorol iawn, ond sut ma hynny'n mynd i'n helpu ni?'

'Dach chi'n cofio swyn yr Athro Garwyn i droi lliw?' meddai Mohammed. 'Mae o'n ddigon hawdd, ac mae o'n para am ryw hanner awr. Os 'dan ni'n troi'n hunain yn oren rŵan, siawns fydd o ddim yn gallu'n gweld ni.'

'Ocê,' meddai Cadi Goch. 'Wnawn ni hynny.'

Gyda thipyn o help Mohammed, llwyddodd y tri i newid lliw eu cyrff a'u dillad yn oren tebyg i liw moronen. Roedd chwyrnu'r Afanc yn uwch nag erioed.

Anadlodd Cadi Goch yn ddwfn a rowndio'r cornel i ystafell y gwarchodwyr, lle roedd yna olau pŵl yn llifo o belen a droellai yn yr awyr. A dyna lle roedd Heledd, ei dwylo uwch ei phen, a drych rhithiol anferthol yn hongian o'i blaen. A dyna'r Afanc. Creadur o hunllef! Yn fwy na'r tarw mwyaf erioed, ac yn fwy arswydus. Roedd ganddo ben hir fel crocodeil ar wddf cyhyrog, gyda safn yn llawn dannedd miniog oedd yn glafoerio dros y lle. Roedd ei lygaid bach cochlyd yn fflachio â chynddaredd. Roedd cyrn cwta uwchben ei aeliau, a chreithiau hyll ar draws ei wyneb: ôl crafangau rhyw greadur milain mewn gornest waedlyd amser maith yn ôl. Roedd ei gorff arswydus wedi'i orchuddio â chen brown-wyrdd trwchus, a safai ar ei goesau ôl crafangog fel deinosor. Chwipiai ei gynffon hir o un ochr i'r llall, wrth iddo gamu yn ôl ac ymlaen. Roedd ei lygaid wedi'u hoelio ar y drych, ac roedd yn chwyrnu yn isel. Roedd hi'n amlwg nad oedd yn fodlon mentro yn rhy agos at y bwystfil y gallai ei weld yn y drych. Roedd cynllun Heledd yn gweithio. Fesul modfedd, cripiai i gyfeiriad y drysau ym mhen pella'r ystafell er mwyn rhyddhau ei thad.

Daeth Tractor i sefyll wrth ochr Cadi Goch yn nrws y coridor, ei llygaid fel soseri wrth iddi edrych ar y bwystfil. Y tu ôl iddi, cododd Mohammed ar flaenau ei draed i geisio gweld. Collodd ei falans, a bwrw yn erbyn y merched. Cwympodd Cadi ar ei phengliniau, gan fygu llef o sioc a phoen. Ar unwaith, trodd Heledd ei phen.

'Be chi'n neud?' hisiodd. 'A pam yn y byd y'ch chi'n oren?'

Ond y cwbl ddwedodd Cadi Goch oedd:

'Heledd! Y drych!'

A sylw Heledd wedi'i droi at Cadi a'i ffrindiau, dyma'r drych rhithiol rhyngddi hi a'r Afanc yn gwegian, ac yna'n diflannu gyda chlec. Roedd yr Afanc yn syllu, nid ar fwystfil rheibus, ond ar ferch fach ddiymadferth. Agorodd ei geg led y pen a rhuo yn fyddarol.

17

Dianc

'**A**RHOSWCH YN GWBL lonydd,' meddai Mohammed wrth Cadi Goch a Tractor rhwng ei ddannedd. 'Fydd o ddim yn medru'ch gweld chi os dach chi ddim yn symud.'

'Beth am Heledd?' sibrydodd Cadi Goch.

Roedd Heledd wedi dechrau sgrechian wrth i'r bwystfil godi uwch ei phen, yn barod i daro.

'Ym,' meddai Mohammed yn anghyfforddus, 'does dim byd fedran ni neud. Peidiwch edrych.'

Chwyrnodd Tractor.

'Arhoswch chi fan hyn,' meddai'n swta. 'Dwi ddim yn lico Heledd, ond dwi ddim yn mynd i adael iddi gael ei sglaffio gan y broga mawr hyll 'na. Oi! Afanc! Gad hi!'

Rhedodd i ganol y llawr gan chwifio ei breichiau. Trodd yr Afanc ei olygon i gyfeiriad y sŵn. Rhoddodd ei ben ar ogwydd. Roedd yn amlwg ei fod wedi drysu. Gallai synhwyro bod rhywbeth yn symud, ond methai â gweld yn glir beth oedd yno. Rhuodd eto.

'Tractor!' gwaeddodd Cadi Goch mewn braw, gan gamu ymlaen i'r ystafell.

'Aros lle wyt ti, Cadi!' meddai Tractor yn chwyrn.

Roedd yr Afanc yn dal i chwilio am ffynhonnell y sŵn. Cododd ei ben i ffroeni'r awyr. Camodd Cadi Goch yn ôl i gysgod y coridor, ei chalon yn curo fel gordd. Gwasgodd ei dwylo mewn gwewyr wrth feddwl am yr hyn y gallai'r bwystfil ei wneud i'w ffrind. Aeth Tractor at ford reit fawr a safai wrth law a'i chodi i'r awyr fel petai'n degan. Trodd at Heledd, oedd wedi'i rhewi yn ei hunfan.

'Cer at Cadi a Mo!' rhuodd. 'Wna i ddelio â'r Afanc.'

Edrychodd Heledd i gyfeiriad y coridor, lle roedd Cadi Goch a Mohammed yn amneidio arni i ddod atyn nhw. Gan ddal y ford o'i blaen fel tarian, rhedodd Tractor am yr Afanc, gan ei fwrw oddi ar ei echel a'i wasgu yn erbyn y wal. Brefodd mewn poen a sioc.

'Dere 'ma, Heledd!' galwodd Cadi Goch.

Roedd Heledd rhwng dau feddwl. Yn sydyn, trodd a rhedeg i'r cyfeiriad arall am ddrysau'r celloedd.

'Heledd!' gwaeddodd Cadi Goch. 'Paid!'

Ond anwybyddodd Heledd hi'n llwyr. Wedi cyrraedd y drysau, dechreuodd eu rhwygo ar agor. Doedden nhw ddim ar glo. Dyma'r carcharorion yn dechrau gwthio eu pennau allan i weld beth oedd yn digwydd.

'Cerwch!' gwaeddodd Heledd wrthyn nhw. 'Rhedwch am y drws!'

Wrth i Tractor gadw'r Afanc yn brysur, dyma gwpl o'r carcharorion yn ei heglu hi am yr allanfa. Safodd Mohammed a Cadi Goch rhyngddyn nhw a'u rhyddid. Camodd Mohammed o flaen y cyntaf gan ledu ei freichiau.

'Na!' meddai, 'dos yn ôl!'

Ond gwthiodd y dyn ef o'i ffordd gyda chledr ei law a sgubo heibio iddo. Cydiodd Cadi Goch ym mraich y llall, ond roedd e'n rhy gryf iddi. Taflodd ef hi i'r llawr heb arafu ei gam. Wrth i Mohammed a Cadi Goch godi ar eu traed eto, yn gleisiau i gyd, dyma ragor o'r carcharorion yn neidio drostyn nhw, a Tamburlaine yn eu plith. Yn y cyfamser, roedd Tractor yn dal i ymgodymu â'r Afanc. Er gwaethaf ei chryfder rhyfeddol, doedd hi ddim yn gallu cystadlu ag e. Roedd natur annisgwyl ei hymosodiad wedi ei helpu i gychwyn, ond nawr roedd yn ymladd yn ôl. Trawodd y ford o'i dwylo a'i malu yn ysgyrion. Yna trodd, a tharo Tractor â'i gynffon, gan ei thaflu ar draws yr ystafell. Erbyn hyn, roedd y rhan fwyaf o'r carcharorion wedi dianc, ac roedd y gweddill yn swatio yn eu celloedd. Roedd Gwern Bowen wedi cydio ym mraich Heledd, ac roedd y ddau yn rhedeg am y coridor. Cododd Tractor gan wingo mewn poen, ac anelu am y coridor ei hunan.

'Rhedwch!' gwaeddodd ar Cadi Goch a Mohammed.

Ei hanwybyddu wnaeth Mohammed. Arhosodd nes

bod Tractor, Heledd a Gwern wedi ei basio, a'r Afanc wrth eu sodlau, cyn bwrw swyn. Neidiodd tarian o ynni yng ngheg y coridor, a bwrodd y bwystfil yn ei herbyn. Tasgodd gwreichion piws dros y lle.

'Ewch!' gwaeddodd Mohammed. 'Fydd o ddim yn dal am amser hir!'

Sgrialodd pawb i fyny'r coridor at y gât. Y tu ôl iddyn nhw, gallen nhw glywed chwyrnu a brefu. O'u blaenau gallen nhw glywed gweiddi a sŵn metel yn taro yn erbyn metel. Rhedon nhw yn un twr heibio'r gât haearn oedd, erbyn hyn, ar agor led y pen. Roedd y sgwâr wedi troi'n faes y gad. Roedd gwarchodwyr yn ymladd â'r carcharorion oedd wedi dianc. Ar y cyfan, y gwarchodwyr oedd â'r fantais am fod mwy ohonyn nhw a'u bod yn arfog, ond roedd Tamburlaine wedi llwyddo i reslo cleddyf o ddwylo aelod o'r Gwarchodlu ac roedd yn ei ddefnyddio i ymosod yn ffyrnig ar ei wrthwynebwyr. Roedd carcharorion eraill yn tynnu cerrig o'r palmant ac yn eu taflu. Gwelodd Cadi Goch fod Cadi Ddu yn ei chwrcwd ar bwys y gât, a bod gwaed ar ei hwyneb.

'Beth ddigwyddodd i ti?' gofynnodd gan blygu dros ei ffrind. 'Ti'n iawn?'

'Odw,' meddai Cadi Ddu, 'dwi'n iawn. Triais i rhwystro nhw, ond dyma un yn wado fi a bwrw fi i'r llawr. Cnoc fach ges i, 'na i gyd. Bydda i'n iawn mewn munud. Pam fod pawb yn oren?'

'Wna i esbonio wedyn,' meddai Cadi Goch.

'Helpa fi i gau'r gât, Tractor!' gwaeddodd Mohammed.

Ond doedd Tractor ddim i'w weld yn unman. Cydiodd Mohammed yn y gât drom a'i gwthio. Roedd y bariau wedi'u plygu rywfaint – edrychai fel petai rhywun wedi'i hagor â swyn ac wedi achosi tipyn o niwed. O'r herwydd, doedd hi ddim am gau'n hawdd. Ymunodd y ddwy Cadi ag e, y tri yn gwthio mor galed ag y gallen nhw. Roedd chwys ar dalcen Mohammed, er gwaetha'r oerni. Yn sydyn, clywon nhw dwrw o'r tu mewn i'r carchar, a'r funud nesaf roedd yna glec anferthol, a chafodd y tri eu taflu'n ôl gan ergyd ofnadwy. Cwympodd Cadi Goch fel sachaid o datws, a gorwedd ar y llawr, yn methu â chael ei gwynt ati. Roedd yr Afanc wedi torri drwy darian Mohammed, a dyma fe'n taranu ar hyd y coridor ac allan i'r awyr iach. Oedodd ar riniog y drws gan ruo'n gynddeiriog.

Yn y sgwâr roedd hi'n anhrefn. Dyma rai o'r ymladdwyr yn gollwng eu harfau ac yn ei heglu hi oddi yno. Safai eraill yn stond fel petai eu traed wedi'u gludo i'r llawr. Gwaeddodd capten y gwarchodwyr ar ei griw i ffurfio rhesi. Ond cyn iddyn nhw wneud, dyma'r Afanc yn neidio i'w canol, ei safn yn clecian a'i gynffon anferthol yn sgubo ei wrthwynebwyr o'r ffordd. Wrth i Cadi godi, gwelodd un o'r carcharorion yn hedfan trwy'r awyr a glanio'n swp lathenni oddi wrthi. Gorweddodd yn llonydd, gan riddfan yn isel. Edrychodd o'i chwmpas yn frysiog. Gallai weld Cadi Ddu yn helpu Mohammed ar ei draed. Doedd dim golwg o Tractor. Rhedodd at Cadi Ddu a Mohammed.

'Ble ma Tractor?' gwaeddodd uwchben y twrw.

Ysgydwodd Cadi Ddu a Mohammed eu pennau.

'So hi'n saff 'ma,' meddai Cadi Goch. 'Rhaid i ni fynd. Jyst gobeithio fod Tractor wedi dianc.'

Dyma'r tri'n anelu am wal ddeheuol y sgwâr, mor bell ag y gallen nhw fod o gynffon yr Afanc, a dechrau cripian i gyfeiriad y stryd. Gwyddai Cadi Goch na fyddai ei hadenydd yn gweithio yn y tywydd oer. Byddai'n rhaid iddyn nhw ddianc ar droed, felly. Er mawr ofid iddyn nhw, gwelon nhw fod y gwarchodwyr yn cilio rhag y bwystfil. Roedd rhai wedi cwympo, a rhai o'r carcharorion hefyd. Roedd cen trwchus yr Afanc yn troi gwaywffyn a saethau. Gwaeddodd capten y Gwarchodlu ar i'w swyddogion gilio'n ôl. Roedd y creadur yn sefyll rhwng y plant a'r stryd. Ofnai Cadi Goch y byddai unrhyw symudiad ganddyn nhw yn tynnu ei sylw. Erbyn hyn roedd e'n prowlan o un ochr i'r llall, yn anfodlon profi'r rhes o waywffyn pigog oedd yn cael eu dal o'i flaen gan y gwarchodwyr wrth facio'n ôl fesul modfedd i gyfeiriad y stryd.

'Pan droith e ei ben eto,' sibrydodd Cadi Goch wrth Cadi Ddu a Mohammed, 'rhedwn ni. Iawn?'

Nodiodd y ddau, eu hwynebau'n llawn tensiwn. Chwyrnodd yr Afanc, a throi i gyfeiriad y gogledd.

Dyma'r plant yn rhedeg am linell y gwarchodwyr. Yn rhy fuan, efallai. Wedi gweld rhywbeth o gil ei lygad, chwipiodd y pen mawr i'w hwynebu, gan ollwng rhu fyddarol. Saethodd stêm ei anadl i'r awyr oer fel cwmwl o fwg o safn draig. Safodd y plant yn stond. Roedd Mohammed a Cadi Goch yn dal yn oren tywyll, ac felly bron yn anweledig i'r bwystfil, ond nid Cadi Ddu. Gwthiodd Cadi Goch hi y tu ôl iddi, ond roedd hi'n amlwg bod yr Afanc wedi'i gweld. Taflodd y Gwarchodlu gawod o waywffyn i dynnu sylw'r creadur, ond dyma nhw'n rhuglo'n ddiniwed i'r llawr. Dal i syllu i gyfeiriad y plant wnaeth yr Afanc, gan chwyrnu'n isel.

Yn sydyn, dyma ffigur bach yn rhuthro trwy rengoedd y Gwarchodlu i sefyll o'u blaenau. Doedd e ddim llawer talach na Cadi Goch, ond yn ei ddwylo roedd yna fwa â saeth ar y llinyn, yn barod i'w gollwng. Gwisgai glogyn trwchus, a chafodd Cadi Goch ddim cip go iawn ar ei wyneb. Trodd yr Afanc ei olygon arno ar unwaith, ac agor ei geg i ruo. Yn syth, dyna'r ffigur yn gollwng ei saeth gan anelu nid at groen cennog yr anifail ond at ei geg agored. Trawodd y saeth y tu mewn i'w enau uchaf a suddo i mewn hyd y plu. Dyma'r Afanc yn sgrechian mewn poen a chynddaredd, gan dasgu gwaed o'i geg. Roedd y saethwr eisoes wedi rhoi saeth arall ar ei linyn ac yn rhedeg yn ysgafn droed o amgylch y creadur, gan chwilio am gyfle arall. Suddodd yr Afanc i'w liniau. Sgubodd y gynffon enfawr o un ochr i'r llall, yn gryf i ddechrau, ond yn gynyddol wannach. Yna, swn tagu, a'r pen arswydus yn syrthio â chlec ar gobls y sgwâr. Cronnodd gwaed tywyll o amgylch ei enau. Roedd y bwystfil yn farw.

Tynnodd y saethwr yr ail saeth o linyn ei fwa, a'i rhoi yn daclus mewn cawell ar ei gefn. Trodd at Mohammed a'r ddwy Cadi, gan wthio'r cwfl yn ôl o'i wyneb.

'Endil!' llefodd Mohammed mewn syndod. 'Pam bo' chdi yma?'

'Clywais i dwrw, a dyfod i weled pa beth oedd yn digwydd,' meddai Endil yn ei Gymraeg ffurfiol.

'Ni'n ddiolchgar iawn iawn i ti,' meddai Cadi Goch, gan gydio yn ei fraich yn daer. 'Am saethu! Shwt llwyddest ti i ladd y bwystfil, a'r gwarchodwyr i gyd yn methu?'

Cododd Endil ei ysgwyddau.

'Byddai fy nhad a mi yn hel Afancod yn y fforest, weithiau,' meddai. 'Y mae eu lladd nhw yn anodd iawn. Byddai dynion cyfoethog o Gaerddulas yn dyfod ac yn talu inni i'w harwain at yr Afancod fel y gallent eu saethu, ond fel arfer yr oedd y dasg yn rhy anodd iddynt, a ni fyddai'n lladd y bwystfil ar eu rhan. Byddent yn talu mwy wedyn inni ddywedyd mai hwy a laddodd y creadur.'

Chwarddodd yn chwerw. Yna craffodd ar Cadi Goch a Mohammed mewn penbleth.

'Paham yr ydych chwi yn oren?' gofynnodd.

'Wel,' meddai Mohammed, 'dydy Afancod ddim yn medru...'

Ond torrodd Cadi Goch ar ei draws.

'Stori hir, Endil,' meddai. 'Rhaid i ni ffeindio Tractor. Gobeithio bod hi'n iawn.'

Erbyn hyn, roedd y sgwâr yn ferw gwyllt, gyda'r gwarchodwyr yn cludo'r clwyfedigion i ffwrdd, yn clymu dwylo'r carcharorion, ac yn ceisio'n ofer i gadw'r dorf chwilfrydig bant. Daeth tri gwarchodwr at Endil. Roedd Cadi Goch yn disgwyl iddyn nhw ddiolch iddo yn galonnog, ond yn hytrach, mynnon nhw iddo roi ei fwa a saethau iddyn nhw a dweud wrtho am aros lle roedd e nes bod y capten yn barod i siarad ag e. Cododd Endil ei ysgwyddau.

'Nid ydynt yn hoff iawn o dylwyth y fforest,' meddai. 'Maent yn poeni y byddaf yn eu saethu hwythau hefyd, efallai!'

'Ma hynny'n ofnadwy!' meddai Cadi Goch yn daer. 'Dylen nhw fod yn dy drin di fel arwr!'

Ond cyn y gallai Endil ei hateb roedd yna gythrwfl, a dyma ffigur cyfarwydd yn gwthio ei ffordd trwy'r gwarchodwyr oedd yn ceisio ei rhwystro.

'Tractor!' gwaeddodd Mohammed. 'Ti'n saff!'

'Odw!' meddai Tractor. 'A drychwch pwy sy 'da fi!'

Roedd un o'i dwylo mawr yn cydio yn dynn ym mraich Heledd Bowen, ac roedd yn ei llusgo yn anfoddog y tu ôl iddi.

'Naeth ei thad hi a Tamburlaine ddianc,' aeth Tractor yn ei blaen, 'ond llwyddes i ddala hon!'

Ysgydwodd hi ei charcharor yn fuddugoliaethus.

'Gad fi fynd!' cwynodd Heledd.

'Dim siawns!' meddai Tractor. 'Ti'n mynd i weud popeth ti'n gwbod wrthon ni.'

Trodd at Endil.

'Waw, Endil,' meddai Tractor, 'roedd hynna'n anhygoel! Gwelais i'r cyfan o bell. Ti'n arwr!'

Yna, cochodd hyd wreiddiau ei gwallt a distewi.

'Oedda chdi'n dipyn o arwr dy hunan,' meddai Mohammed yn frwd. 'Endil, ddyliat ti fod wedi gweld Tractor yn ymladd yr Afanc yn y carchar. Naeth hi godi bwrdd i fyny a rhoi cweir go iawn iddo fo!'

'Dim ond ford fach oedd hi,' meddai Tractor, gan fynd hyd yn oed yn gochach.

'Rybish!' meddai Mohammed. 'Roedd o'n homar o fwrdd mawr. Ro'n i'n gwybod bod ti'n gryf, ond doedd gin i'm syniad bod ti mor gryf â hynny!'

'Wel,' meddai Tractor, 'mae'n amrywio. Pan fydd ofan arna i, neu os dwi'n mynd yn grac, dwi'n cael rhyw nerth o rywle mwya sydyn. Dwi fel 'ny ers i fi fod yn fach. Ges i stranc unwaith achos bod mam yn gwrthod prynu hufen iâ i fi, a...'

Ond y funud honno, daeth capten y Gwarchodlu atyn nhw.

'Symudwch yn ôl, blantos,' meddai'n hunanbwysig. 'Dydy hi ddim yn ddiogel yma, wyddoch chi.'

Yna trodd at Endil.

'Dim ti!' chwyrnodd. 'Mae gen i ychydig o gwestiynau i ti.'

'Peidiwch siarad fel'na ag e,' meddai Tractor. '*Fe* laddodd y bwystfil ac achub eich bois chi. Y cwbl o'n nhw'n neud oedd ei diclo fe gyda'u gwaywffyn!'

'Y mae'n iawn, Tractor,' meddai Endil. 'Y mae'r gŵr bonheddig am ofyn cwestiynau imi, dyna i gyd. Yn iach, gyfeillion!'

Cydiodd y capten yn ei fraich gan syllu arno'n ddrwgdybus, a'i arwain i ffwrdd.

'Mae'r ffordd maen nhw'n trin tylwyth y fforest yn ofnadw,' meddai Cadi Goch, gan ysgwyd ei phen, wrth i'r plant gilio o'r sgwâr gan lusgo Heledd gyda nhw'n anfoddog.

'Ydy,' meddai Tractor yn frwd. 'Os y'n nhw'n brifo fe...'

'Dy'n nhw ddim yn haeddu gwell,' chwyrnodd Heledd. 'Lladron a chelwyddgwn ydyn nhw i gyd!'

'O, ca dy geg, Heledd Bowen,' meddai Tractor, 'a dwed wrthon ni bopeth am gynllwyn y Cacwn.'

'Shwt alla i ddweud unrhyw beth wrthoch chi os dwi'n cau fy ngheg?' atebodd Heledd yn ddirmygus.

'Ha-ha,' meddai Tractor, 'ti'n gwbod be dwi'n feddwl!'

Ochneidiodd Heledd.

'Dwi 'di dweud wrthoch chi o'r blaen,' meddai'n

bwdlyd, 'dwi'n gwybod dim am unrhyw gynllwyn. Does dim ots 'da fi am y Cacwn: y cwbl o'n i moyn oedd rhyddhau Dad o'r carchar.'

'Dwi ddim yn dy gredu di,' sgyrnygodd Tractor. 'Ydyn nhw'n mynd i ddwgyd y crochan hud o Aberystwyth?'

'Dwi'n credu bod hi'n dweud y gwir,' meddai Cadi Ddu.

'O, c'mon,' meddai Tractor.

Trodd at Cadi Goch.

'Ti ddim yn ei chredu hi, wyt ti?' gofynnodd.

Ond doedd Cadi Goch ddim wir yn talu sylw. Roedd hi'n syllu ar dŷ gyferbyn â nhw. Erbyn hyn, roedd y cymylau wedi cilio o'r awyr, a llifai golau lleuad lawn dros yr olygfa. Ar big y to eisteddai tylluan wen, yn edrych i lawr arnyn nhw â llygaid mawr tywyll. Wrth i Cadi wylio, lledodd ei hadenydd a chodi mor dawel ag ysbryd i'r awyr a diflannu. Teimlai Cadi'r blew ar ei gwar yn codi.

18

Amheuon

'Siaradwn ni â Heledd yn nes ymlaen,' meddai Mohammed, 'ond mae gynnon ni broblam arall yn gynta. Ble 'dan ni'n mynd i gysgu heno?'

'Cwestiwn da,' meddyliodd Cadi Goch. Rywsut doedd hi ddim wedi meddwl ymhellach na cheisio rhwystro cynllun Heledd. Yn sydyn, gwelodd ffigur cyfarwydd yn y dorf: roedd Mr ab Elffin wedi dod i weld beth oedd yn mynd ymlaen.

'Gallen ni ofyn i Mr ab Elffin adael i ni aros yn ei dŷ e,' meddai. 'Ma hen ddigon o le 'dag e.'

Edrychodd y lleill arni'n ddrwgdybus, ond doedd gan neb gynnig gwell.

'Helô, blant,' meddai Mr ab Elffin, pan welodd nhw'n dynesu. 'Sut alla i'ch helpu chi? A pham bo' chi'n oren?'

'Stori hir,' meddai Cadi Goch. 'Ym, ni angen gofyn ffafr i chi.'

Gwgodd Mr ab Elffin.

'Wel,' meddai, 'dwi wastad yn fodlon helpu, os galla i,

rwyt ti'n gwybod hynny, ond rwy ychydig yn brysur.'

'Does dim lle 'da ni i gysgu heno,' meddai Cadi Goch. 'Allwn ni aros yn eich tŷ chi? Ma digon o le 'da chi.'

'Dwi ddim yn siŵr,' meddai Mr ab Elffin yn anghyfforddus. 'Mae'n rhaid bod yna rywle arall i chi.'

'Nag oes,' meddai Cadi Goch, 'does dim. Chi yw ein hunig obaith!'

'Mae'n ddrwg gen i, blant,' meddai Mr ab Elffin. 'Alla i ddim helpu.'

Yn sydyn, galwodd Mohammed:

'Ms Gwenllian!'

Trodd Cadi Goch a gweld y newyddiadurwr Esyllt Gwenllian yn cerdded heibio. Roedd hi'n gwisgo cot ddu hir, ac roedd ei gwallt tywyll wedi'i wthio dan *beret*. Meddyliai Cadi Goch ei bod hi'n edrych yn hynod *glamorous*. Gwenodd yn llon pan welodd Mohammed.

'Mo!' canodd, 'sut wyt ti? Do'n i ddim yn dy nabod di i ddechrau. Rwyt ti'n edrych, wel, braidd yn oren, a dweud y gwir. A dyma dy ffrindiau! Cadi, nagife? A, ym, Tracsiwt?'

'Tractor,' meddai Tractor.

'O, mae'n ddrwg gen i!' meddai Ms Gwenllian, gan gydio ym mraich Tractor. 'Dwi'n anobeithiol gydag enwau o'ch byd chi! Fel ry'ch chi'n gwybod, mae rhai wedi dod yn boblogaidd yma, ond ddim Tractor, mae arna i ofn. Piti, mae'n bert! Ond beth y'ch chi'n gwneud yma? Weloch chi'r frwydr?'

'Do,' dywedodd Mohammed, 'o bell, wrth gwrs. Gwrandwch, Ms Gwenllian...'

'Esyllt, plis,' meddai Ms Gwenllian, 'a paid galw fi'n chi – dwi ddim mor hen â hynny, ti'n gwybod. Dim ond saith cant pum deg chwech!'

'Iawn,' meddai Mohammed, 'E-Esyllt, dach ch-, ym, wyt ti'n nabod Mr ab Elffin?'

Trodd i weld bod Mr ab Elffin yn sleifio i ffwrdd gan geisio ymdoddi i'r dorf. Safodd yn stond pan glywodd ei enw, a gwenu'n ffals ar Ms Gwenllian.

'Dwi ddim yn credu 'mod i wedi cael y pleser,' meddai, gan estyn ei law.

'Mr ab Elffin!' meddai Ms Gwenllian, 'dy'n ni wedi cwrdd, fel rwyt ti'n gwybod yn iawn. Des i i gyfweld â ti ar ôl i ti golli dy swydd yn yr ysgol.'

'O, wrth gwrs,' meddai Mr ab Elffin, gan edrych yn anhyffordus iawn, 'dwi'n cofio nawr. Wel, rhaid i fi fynd...'

'Roeddan ni'n gobeithio y basa Mr ab Elffin mor garedig â chynnig to uwch ein penna ni heno,' meddai Mohammed, 'gan bo' ni'n styc yma, a hitha mor oer. Ond fel dach chi wedi clywad, mae o'n andros o brysur. Piti – mae o'n ddyn ffeind iawn. Mae gin i lwyth o straeon difyr amdano fo. Ella hoffat ti gylwad rhai ohonyn nhw...'

'Ha!' meddai Mr ab Elffin, yn syfrdanol o uchel. 'Mae'n amlwg bod camddealltwriaeth wedi bod. Rwy *yn* brysur, wrth gwrs, ond ddim mor brysur fel na allaf gynnig lloches i'r plant anffodus yma sydd wedi'u dal yng nghanol trychineb fel hyn. Dewch, fy ffrindiau annwyl! Rhaid eich bod bron â sythu. Cewch dwymo o flaen y tân yn fy nhŷ bach clyd. Ms Gwenllian, maddeuwch i fi, fe hoffwn i aros i siarad, ond rhaid i fi feddwl am les y plant yma.'

'Ym, wrth gwrs,' meddai Ms Gwenllian, gan godi ael. 'Mo, byddwn yn hapus i glywed dy straeon rywbryd eto.'

'Dwi ddim yn credu y bydden nhw o ddiddordeb i chi, Ms Gwenllian,' meddai Mr ab Elffin yn frysiog, 'fydden nhw, Mohammed?'

Edrychodd yn llym ar Mohammed.

'Dach chi'n llygad eich lle, Mr ab Elffin,' meddai Mohammed yn ddidaro. 'Erbyn meddwl, dy'n nhw ddim yn ddiddorol iawn. Allan nhw ddim cystadlu efo Afanc yn ymosod ar warchodwyr ac yn cael ei ladd gan ffoadur ifanc o'r coed, tra bod aeloda blaenllaw o Gacwn Cêt yn dianc.'

'Un slei wyt ti, Mohammed,' chwarddodd Ms Gwenllian. 'Ond rwyt ti'n iawn. Mae gen i ddigon i 'nghadw i'n brysur am y tro. Nos da i chi!'

A bant â hi i ganol y dorf.

'Wel,' meddai Mr ab Elffin, 'well i chi ddod gyda fi, blantos.'

Dilynon nhw'r athro ribidirês i lawr y stryd, gyda

Tractor yn cydio yn dynn ym mraich Heledd, i'w dŷ crand, a chynhesu eu hunain o flaen tanllwyth o dân. Wrth i fywyd ddychwelyd i gorff Cadi Goch, daeth hi'n ymwybodol ei bod hi'n llwgu. Gofynnodd hi i Mr ab Elffin a oedd ganddo fwyd o gwbl. Cododd e ei ysgwyddau. O dan yr amgylchiadau roedd e wedi gorfod gadael ei gogydd i fynd yn ddiweddar, esboniodd, a doedd e na Mrs ab Elffin (oedd yn y gwely gyda phen tost) ddim yn gallu coginio. Yn y pen draw, aeth ef a Cadi Goch allan i'r oerfel eto i brynu cyw iâr, bara a chaws o fwyty cyfagos tra bod Mohammed a Cadi Ddu yn brysur yn y gegin gyda'r cynhwysion roedden nhw wedi'u darganfod yn y cypyrddau. Roedd Tractor yn cadw llygad ar Heledd. Yn y pen draw, wnaethon nhw fwyta'n dda. Gan gofio am drafferthion ariannol Mr ab Elffin, synnai Cadi Goch ei fod mor ddirwgnach am brynu cymaint o fwyd, ond doedd hi ddim yn cwyno.

Yfodd Mr ab Elffin sawl gwydraid o win wrth iddyn nhw fwyta, ac roedd e mewn hwyliau da. Dechreuodd hel atgofion, a diau y byddai wedi siarad am oriau, ond roedd y plant wedi blino yn llwyr. Yn y pen draw, dyma fe'n eu harwain i'r ystafelloedd roedd wedi eu paratoi ar eu cyfer. Gwirfoddolodd Tractor i rannu ystafell â Heledd i wneud yn siŵr na cheisiai ddianc. Roedd Mohammed ar ei ben ei hunan, wrth gwrs, a dyna'r ddwy Cadi'n rhannu ystafell fawr ar yr ail lawr gyda ffenest dal yn edrych dros bwt o ardd yn y cefn. Roedd yna ddau wely cyfforddus, ond dim llawer o gelfi eraill. Gallai Cadi Goch weld sgwariau ar y waliau noeth lle roedd lluniau wedi'u crogi – efallai bod Mr ab Elffin wedi bod wrthi'n gwerthu peth o'i eiddo.

Daeth â hambwrdd i fyny atyn nhw gyda phaneidiau o siocled poeth. Yn fuan ar ôl iddo adael, dyma gnoc arall ar y drws. Safai Mohammed yno gyda Tractor y tu ôl iddo yn cydio unwaith eto ym mraich Heledd.

'Dwi'n gwybod bod pawb wedi blino,' meddai Mohammed, 'ond dwi'n credu y dylen ni drafod be 'dan ni'n mynd i neud nesa cyn mynd i gysgu. Ella gall Heledd helpu.'

'Ie,' meddai Cadi Goch, wrth osod ei mygaid o siocled poeth yn ofalus ar y ford wrth erchwyn ei gwely, 'mae'n amser i ti fwrw dy fol, Heledd. Beth yw cynlluniau Tamburlaine a dy dad? Dwi'n gwbod yn iawn eu bod am ymuno â fy mam.'

Cofiodd am y dylluan wen yn y sgwâr. Roedd hi'n siŵr nad aderyn cyffredin oedd e. Roedd hi wedi gweld Gwen yn rhith tylluan wen o'r blaen. Syllodd Heledd arni yn bwdlyd.

'Dwi 'di dweud yn barod,' meddai. 'Dwi ddim yn gwbod, a does dim ots 'da fi. Mae Dad yn rhydd – dyna'r unig beth sy'n bwysig i fi.'

Ochneidiodd Cadi Goch.

'Dwi 'di dweud hyn o'r blaen,' meddai Cadi Ddu.

'Dwi'n credu bod hi'n dweud y gwir. Dwi'n cofio rhywfaint o'r amser pan o'n i dan ei swyn hi. Fyddai hi byth yn sôn am y Cacwn, dim ond am faint roedd hi'n colli ei thad.'

Ysgydwodd Cadi Goch ei phen mewn rhwystredigaeth.

'Mae'n anobeithiol, felly,' meddai'n ddigalon.

'Howld on!' meddai Tractor yn sydyn. 'Beth am y peth gest ti gan Mr ab Elffin, Mo? O'n i 'di anghofio am hynny tan nawr, gyda popeth sy'n mynd ymlaen. Beth yw e? All e helpu ni?'

'Da iawn, Tractor!' meddai Mohammed. 'Ro'n inna 'di anghofio yn llwyr amdano fo.'

Rhoddodd ei law ym mhoced ei siaced a thynnu allan amlen frown-goch.

'Copi o'r wybodaeth swyddogol o'r ysgol am yrrwr y bws,' meddai.

'Waw!' meddai Cadi Goch. 'Shwt 'nest ti berswadio Mr ab Elffin i roid e i ti?'

'Wel,' meddai Mohammed, oedd, yn ôl ei arfer, yn fwy na bodlon ail-fyw y cyfan, 'mi glywish i gan Ms Gwe—, gan Esyllt, fod y Llywodraeth am sefydlu corff o gomisiynwyr i gynllunio, rhag ofn bod mwy o ffoaduriaid yn dŵad o'r coed. Maen nhw isio aeloda o bob un ardal. A phwy sy'n rhedag y sioe? Neb llai nag Einion Dallben, sy'n gefnder i Mr ab Elffin. Daeth o i'r Castell acw un dydd pan o'n i yno, a ges i gyfla i siarad ag o. Ddeudodd o wrtha i ei fod o'n meddwl gofyn i Mr ab Elffin ymuno â'r comisiwn am ei fod o wedi colli ei swydd, ond ei fod o'n ama na fysa fo'n ddigon cyfrifol. Doedd o ddim wedi ei weld o ers oes, ond ei fod o'n arfar bod braidd yn ddiog. Roedd o isio gwybod oeddan i'n meddwl ei fod o wedi newid. Welish i gyfla wedyn, felly deudish i wrtho fo y baswn i'n meddwl amdano fo, a mynd yn syth at Mr ab Elffin. Deudish i wrtho fo y baswn i'n ei gefnogi efo Mr Dallben petai o'n fodlon neud ffafr i mi. Pan aeth o i'r ysgol i nôl ei stwff, naeth o ddwyn y ddogfen o swyddfa Miss Cilcoed a gwneud copi imi, chwara teg iddo fo.'

'A ti'n mynd i gefnogi cais Mr ab Elffin nawr?' gofynnodd Cadi Goch. 'Ti'n meddwl ei fod e'n haeddu swydd fel 'ny? Ni i gyd yn gwbod pa mor ddiog yw e!'

Cododd Mohammed ei ysgwyddau.

'Dwi'n gwybod,' meddai, 'ond dwi ddim yn credu y bydd y swydd 'ma'n bwysig ofnadwy, mewn gwirionedd. Siop siarad fydd y Comisiwn, meddai Esyllt, 'wch chi. Bydd hynny yn ei siwtio fo i'r dim: teitl crand, tipyn o deithio, amball gyfarfod a dim gwaith!'

'Ond beth am y ffoaduriaid?' meddai Cadi Goch.

Ochneidiodd Mohammed.

'Pobl fatha Esyllt fydd yn gwneud gwahaniaeth iddyn nhw, ddim rhyw Gomisiwn hunanbwysig,' meddai.

'Wel,' meddai Tractor, 'ma hyn i gyd yn ddiddorol iawn, a da iawn Mo am gael y ddogfen, ond ydyn ni *actually* yn mynd i ddarllen hi, neu jyst siarad amdani?'

'Pwynt da, Tractor Bach Coch,' meddai Mohammed. 'Rhaid bod yma gliw i esbonio beth mae ein ffrind, gyrrwr y bws, yn neud efo Cacwn Cêt.'

Agorodd yr amlen, a thynnu allan ddalen o bapur. Wrth iddo ddarllen y cynnwys, dechreuodd wgu. Yna rhoddodd y papur i lawr, ac ysgwyd ei ben. Cydiodd Cadi Goch yn y papur ac edrych arno, ond roedd e wedi'i ysgrifennu yn yr wyddor Annyfneg, a dim ond hyn a hyn allai hi ddeall.

'Wel?' gofynnodd wrth Mohammed. 'Beth ma fe'n ddweud?'

'Dydy o ddim yn neud synnwyr,' meddai Mohammed. 'Doedd y gyrrwr ddim yn cefnogi'r Breningarwyr yn y Rhyfel Cartref. Roedd o wedi cael ei orfodi i'r fyddin, fel *conscript*, fel Hedd Wyn yn y Rhyfel Byd Cyntaf, ac mi geisiodd ddianc sawl gwaith. Mae'r awdurdodau yn gwybod cryn dipyn amdano fo am ei fod o'n medru sgrifennu. Cynwal Hir ydy ei enw fo. Mae hyn i gyd yn y gwaith papur. Yn achos y rhan fwya o Blant y Pair, does neb yn gwybod dim amdanyn nhw. Ond os nad oedd o o blaid y teulu brenhinol bryd hynny pam basa fo'n gweithio efo Cacwn Cêt rŵan?'

Chwarddodd Heledd yn ddirmygus.

'Chi'n *obsessed* 'da Cacwn Cêt, on'd y'ch chi?' meddai. 'Falle bod e ddim yn gweithio iddyn nhw. Chi'n meddwl bo' *fi*'n gweithio iddyn nhw, a dwi ddim.'

'O, ca dy ben, Heledd,' meddai Cadi Goch yn flin.

Eto i gyd, doedd hi ddim yn gallu osgoi'r teimlad annifyr y gallai fod yna wirionedd yn yr hyn roedd Heledd wedi dweud.

***

Y bore canlynol, cafodd y ddwy Cadi eu dihuno gan Mrs ab Elffin a gerddodd i mewn i'w hystafell yn gwisgo coban a gŵn wisgo wedi'i thrimio â ffwr. Pan welodd hi'r merched, agorodd ei llygaid yn llydan.

'Orosius!' gwaeddodd. 'Mae *plant* yn ein tŷ ni! Wyt ti'n gwybod rhywbeth amdanyn nhw? Gobeithio nad ydyn nhw'n rhy frwnt!'

Ar ôl i Mr ab Elffin esbonio iddi, a chwilio yn ofer am rywbeth i'w gynnig iddyn nhw i frecwast, fe helpodd nhw i groesi'n ôl i Gymru. Roedd Cadi Goch wedi derbyn, erbyn hynny, na fyddai Heledd yn dweud dim byd defnyddiol wrthyn nhw, felly gadawon nhw iddi fynd yn ôl i Gaerdydd at ei mam. Roedd yna siawns y byddai'n cysylltu â'i thad rywsut a'i rybuddio bod Cadi a'i ffrindiau yn gwybod am y cynllwyn, ond allai hi ddim dweud llawer wrtho nad oedd e'n ei wybod yn barod, mewn gwirionedd, a doedden nhw ddim yn gallu cadw Heledd yn garcharor. Roedd Tractor wedi awgrymu ei rhoi i'r Gwarchodlu, ond bydden nhw wedi gorfod ateb cwestiynau petaen nhw wedi gwneud hynny.

'O leia fydd dim rhaid i ni wrando arni'n cega,' meddai Tractor, wrth i Heledd ddiflannu trwy borth yn ystafell fyw Mr ab Elffin.

Nodiodd Cadi Goch yn frwd.

'Iawn,' meddai Mr ab Elffin. 'Ble y'ch chi eisiau mynd?'

'Llanfair i fi a Cadi,' meddai Cadi Goch.

'Man a man i fi ddod 'da chi,' meddai Tractor. 'Galla i ddala'r bws adre.'

'Alla i ddŵad efo chi hefyd?' gofynnodd Mohammed. 'Dydy'r teulu ddim yn disgwyl fy ngweld i tan ddydd Sul, ac os 'dan ni'n meddwl bod Cacwn Cêt yn mynd i geisio dwyn y Pair, wel, basa'n dda gen i fod yn agos i Aberystwyth.'

Gwenodd Cadi Goch yn llawen. Gwyddai y byddai'n teimlo'n well gyda Mohammed yno'n gefn iddi.

'Mae'n siŵr bydd 'nhad a Sandra yn hapus iawn i ti aros 'da ni,' meddai. 'Bydda i'n meddwl am stori i esbonio pam bod ti yn Llanfair.'

'Tsiampion!' meddai Mohammed. 'Bydd fy nghefndar yn cogio bod yn fy nhad os fyddan nhw isio siarad ag o i tsiecio'i fod o'n hapus i mi aros efo chi.'

Trodd at Mr ab Elffin.

'Diolch am bopeth,' meddai. 'Byddwch chi'n eistedd ar y Comisiwn mewn dim o dro.'

Gwenodd Mr ab Elffin yn fodlon.

'Diolch i tithau, fachgen,' meddai.

Ychydig oriau yn ddiweddarach, felly, roedd Mohammed a'r ddwy Cadi yn eistedd yng nghegin Cadi Goch gyda Shiny a Sandra, yn gorffen cinio cynnar. Roedd Cadi Goch wedi mynd i banics ar y ffôn wrth geisio esbonio presenoldeb Mohammed, ac roedd hi wedi dweud ei fod yn ardal Aberystwyth gyda thîm rygbi, ond bod y gêm wedi'i chanslo ar y funud ola am fod y tîm arall yn diodde o wenwyn bwyd. Felly, roedd e'n meddwl taro heibio i ddweud helô, ac a fyddai'n iawn iddo fe aros dros nos fel y gallen nhw weithio gyda'i gilydd ar brosiect ysgol? Roedd Mohammed wedi syllu arni mewn anghrediniaeth – pêl-droed oedd ei gêm e, a doedd e'n gwybod dim am rygbi.

'Mae'n braf iawn dy weld di eto, Mohammed,' meddai Shiny. 'Do'n i ddim yn gwbod bod ti'n chwarae rygbi. Pa safle?'

'Ym, *centre half*,' meddai Mohammed.

Tynnodd Cadi Goch wep, a chicio ei figwrn dan y ford.

'*Scrum half*, dwi'n feddwl,' meddai Mohammed. 'Dyna fo, *scrum half*.'

'Waw!' meddai Shiny. 'Dyna oedd fy safle i, pan o'n i'n ifancach! Pwy yw dy hoff chwaraewr di?'

'Ym, Alun Wyn Jones?' meddai Mohammed yn betrus.

'Wel, ie,' meddai Shiny, 'mae'r dyn yn arwr, wrth gwrs, ond pa *scrum half*, o'n i'n feddwl. Pwy sy 'di dylanwadu arnot ti?'

'Gad lonydd iddo fe, Shiny!' chwarddodd Sandra. 'Mae'n ddrwg 'da fi, Mohammed. Ma 'ngŵr i'n hollol *obsessed* 'da rygbi.'

Cododd Shiny ei ddwylo.

'Sori,' meddai. 'Ma Sandra'n iawn – ti ddim moyn ishte 'ma drwy'r pnawn gyda hen ddyn *boring* fel fi. Cerwch chi mas, y tri o'noch chi, i fwynhau'r tywydd braf! Rhaid i fi fynd i'r garej, beth bynnag.'

'Popeth yn iawn, Mr Williams,' meddai Mohammed yn ddiolchgar.

'Shiny, plis,' meddai Shiny, gan godi a rhoi ei fŵg coffi gwag yn ymyl y sinc. 'Wela i chi wedyn.'

A bant ag e. Trodd Cadi Goch at Sandra.

'Awn ni am dro at yr afon,' meddai.

Roedd hi moyn cyfle i drafod y digwyddiadau diweddaraf â Mohammed a Cadi Ddu.

'Popeth yn iawn, cariad,' meddai Sandra. 'Cer â dy ffôn rhag ofn, wnei di?'

Treulion nhw ychydig oriau yn y coed wrth ymyl y bont dros yr afon, yn mynd dros yr hyn roedden nhw'n ei wybod a'r cwestiynau roedd yn dal heb eu hateb. Rywsut, allai Cadi Goch ddim cael gwared ar yr amheuon roedd Heledd wedi'u plannu. Oedd ei theimladau am ei mam ac am Gacwn Cêt wedi ei chyflyru i'r fath raddau fel ei bod yn gweld cynllwynion lle nad oedden nhw'n bod? Efallai, ond roedd hi'n gwybod bod Miss Henwen yn cyflogi Shane Jarvis i ddwyn y crochan. Rhaid ei bod hi'n gwneud hyn ar ran y Cacwn, waeth pa mor annhebygol y swniai hynny.

'Ond wyt ti'n siŵr taw dyna beth mae'n neud?' gofynnodd Cadi Ddu. 'Dim ond gair Tom Jarvis sy 'da ti am hynny.'

'Dwi'n gwbod bod neb yn lico Tom,' meddai Cadi Goch, 'ond dwi'n trysto fe.'

'Dwi'n eitha hoff ohono fo, fel mae'n digwydd,' meddai Mohammed, 'ond dach chi ddim yn ffrindia agos, nag dach? Siawns ei fod o'n deud celwydd am ryw reswm.'

'Dwi'n falch clywed bod ti'n hoffi fi, Mohammed,' meddai llais o'r tu ôl iddyn nhw.

Trodd y tri'n syn a gweld Tom Jarvis yn edrych i lawr arnyn nhw o'r bont.

'Tom,' meddai Cadi Ddu, gan gochi, 'do'n i ddim yn meddwl…'

'Sdim ots,' meddai Tom. 'Dwi'n gwybod bod neb yn lico fi.'

'Ond…' meddai Mohammed.

'Mae'n iawn, Mohammed,' meddai Tom yn sych. 'I'm used to it. That's the way it's always been. Dwi ddim eisiau bod yn ffrind i chi, no offence. Ond dwi angen help.'

'Ocê,' meddai Cadi Goch. 'Gyda beth?'

'Gwarchod y Pair, wrth gwrs,' meddai Tom. 'Mae Shane wedi dweud be sy'n digwydd. Ma fe 'di cael ofn, dwi'n credu. Dwi'n gwybod bo' chi ddim eisiau gweld y Pair ym meddiant Cacwn Cêt. Dwi'n hapus i weithio gyda chi, ond mae un *condition*.'

'Beth?' gofynnodd Cadi Goch.

'Rhaid i chi beidio gadael i Shane gael ei arestio,' meddai Tom. 'Dyw e ddim yn licio fi chwaith, ond brawd fi yw e. Dwi ddim eisiau iddo fe fynd 'nôl i'r carchar.'

Agorodd Cadi Ddu ei cheg i ddweud rhywbeth, ond torrodd Cadi Goch ar ei thraws.

'Wrth gwrs,' meddai. 'Beth yw'r stori?'

'Dewch,' meddai Tom. 'Bydda i'n esbonio ar y ffordd.'

19

Yn ôl i'r llyfrgell

Dilynodd Mohammed a'r ddwy Cadi Tom Jarvis lan yr heol i gyfeiriad tŷ Cadi Goch. Roedd e'n cerdded mor glou fel bod Cadi Goch bron yn gorfod rhedeg ar ei ôl.

'Ble ni'n mynd, Tom?' gofynnodd.

'I gyfarfod Shane,' meddai Tom. 'Ma fe'n gallu rhoi lifft i ni i Aberystwyth.'

'I Aberystwyth?' meddai Mohammed. 'Be sy'n digwydd fan'no?'

'Maen nhw'n mynd i ddwyn y Pair heno,' meddai Tom.

'Pam ma Shane 'di dweud hyn wrthot ti nawr?' gofynnodd Cadi Goch. 'Ti ddim yn meddwl bod hyn yn dric, wyt ti?'

Ysgydwodd Tom ei ben.

'Na,' meddai. 'Welodd e rywun yn gwneud hud, Miss Henwen, dwi'n credu, ond roedd e'n anodd deall beth oedd e'n dweud. Naeth hi rywbeth i Huw Socs, dwi'n credu. Naeth Shane *totally* ffrîco mas. Roedd e'n meddwl bo' fe'n *hallucinate*-io, neu rywbeth. "I just want out," dwedodd e. "I don't care about the money." Ma fe'n mynd i fynd i *Germany*, dwi'n credu. Mae rhywun wedi ffeindio job iddo fe ar *building site*, neu rywbeth. Ond ma fe'n poeni am Mam. Mae Miss Henwen yn gwybod ble ni'n byw, a ma fe'n meddwl bydd hi'n gwneud rhywbeth drwg iddi hi os ydy e jyst yn mynd. Dyna pam ddwedodd e bopeth wrtha i. Dwedais i byddwn i'n trio sortio popeth ond bod angen help Cadi. Felly aethon ni i dŷ ti, Cadi, a dwedodd mam ti bod Mohammed yma. Even better. Des i lawr i'r afon yn syth.'

Erbyn hynny, roedden nhw wedi cyrraedd y brif heol. Roedd hen gar rhydlyd wedi'i barcio ar y cornel. Gallai Cadi Goch weld Shane Jarvis y tu ôl i'r llyw yn ei iwnifform lwydlas yn gwisgo sbectol haul ac yn cnoi gwm yn ffyrnig. Pan welodd e nhw'n dod, agorodd e'r drws a neidio allan. Camodd atyn nhw.

'Look,' meddai heb wastraffu amser ar gyfarchion na dim byd felly, 'I don't know what's going on, and I don't really want to know, but Tom says you can sort it out and get me out of this mess. The little toad had better not be wrong about this. Can you?'

Nodiodd Cadi Goch ei phen.

'Yes,' meddai hi'n bendant. 'We can.'

Edrychodd i fyw llygad Shane heb flincio. Yn y pen draw, nodiodd yntau ei ben y mymryn lleia.

'Okay,' meddai. 'For your sake, I hope you can.'

Chwarddodd Cadi Goch. Edrychodd Shane arni'n syn: yn amlwg, doedd e ddim wedi disgwyl y fath ymateb.

'No offence, Shane,' meddai Cadi Goch, 'but if they steal the cauldron, we'll have worse things than you to worry about.'

***

Rhyw dri chwarter awr yn ddiweddarach, roedden nhw wedi casglu Tractor o'i chartref yn Bont, ac ar eu ffordd i Aberystwyth. Gwibion nhw ar hyd yr heolydd cul. Roedd Shane ar bigau'r drain ac yn cnoi gwm yn ddi-stop. Doedd e ddim wedi hoffi'r syniad o ddod â Tractor, ond roedd Cadi Goch wedi mynnu. Roedd Tractor yn eistedd yn gyfforddus yn y sedd flaen, tra bod Cadi Goch, Tom a Mohammed wedi'u gwasgu i'r cefn. Roedd Cadi Ddu wedi aros yn Llanfair wrth y ffôn, yn barod i alw'r heddlu petai popeth yn mynd o chwith. Roedd Cadi Goch wedi dweud wrth ei rhieni ei bod hi a Mohammed yn mynd i dŷ Tom i weithio ar y prosiect bondigrybwyll. Doedd Shiny ddim yn arbennig o hapus gyda hyn oherwydd Shane, ond roedd Tom wedi ei sicrhau y byddai ei fam yno hefyd. Celwydd ar ben celwydd, meddyliodd Cadi Goch yn drist. Beth fyddai Shiny yn ei ddweud petai'n gwybod ei bod hi, y funud honno, mewn car gyda Shane, oedd yn dreifio fel Lewis

Hamilton, ar y ffordd i wynebu criw o wrthryfelwyr peryglus? Ochneidiodd a shifftio yn ei sedd.

'Aw, Cadi,' meddai Mohammed. 'Paid cicio fi!'

'Peidwch â conan, bois,' chwarddodd Tractor, 'byddai'n waeth byth arnoch chi 'sen i mewn gyda chi!'

'Speak English in this car,' chwyrnodd Shane. 'I don't want you lot plotting behind my back.'

Edrychodd Tractor arno fe'n heriol.

'How come you can't speak Welsh?' meddai. 'You went to Ysgol Llanfair, didn't you?'

'That was a long time ago,' meddai Shane.

'You must be able to remember something,' mynnodd Tractor.

'Ym, ga i ffynd i'r tŷ bac?' meddai Shane.

'Ga i *fynd* i'r tŷ *bach*,' meddai Tom.

'Alright, clever clogs,' meddai Shane yn flin. 'You're lucky I can't reach you, you cheeky blighter. I don't know why you're wasting your time with that pointless language. When are you ever going to need it once you leave school?'

'To be fair,' meddai Mohammed, 'if you spoke more Welsh you might have realised what was going on a bit earlier.'

Gwasgodd Shane ei droed ar y brêc yn sydyn fel bod y car yn sglefrio ar draws yr heol cyn dod i stop. Taflwyd y teithwyr o un ochr i'r llall. Sgrechiodd Cadi mewn braw. Trodd Shane i wynebu Mohammed. Roedd ei wyneb yn goch, a'i lygaid yn fflachio'n gynddeiriog.

'You keep your mouth shut,' meddai. 'Don't think I won't hit you, 'cause I will. You're here to help me out of this hole, 'cause Tom says you can. That doesn't mean you can cheek me. Understood?'

'Ym, yes,' meddai Mohammed yn grynedig. 'Sori.'

Nodiodd Shane ei ben yn gwta, ac ailgychwyn y car. Aethon nhw yn eu blaenau mewn tawelwch anghyfforddus. Roedd hi'n noson hyfryd o haf, a'r caeau wedi'u golchi mewn goleuni euraidd. Wedi pasio Llanrhystud, tynnodd Shane i mewn i'r lle pasio ar bwys wal 'Cofiwch Dryweryn' i esbonio'r cynllun iddyn nhw. Byddai'n eu gadael ar bwys campws y Brifysgol cyn mynd i'r Llyfrgell i glocio mewn. Roedd e, Huw Socs a Jason wedi swopio shifftiau gyda gwarchodwyr eraill fel taw'r tri ohonyn nhw yn unig fyddai ar ddyletswydd y noson honno. Wedyn, byddai'n gadael un o'r drysau ochr ar agor iddyn nhw. Roedd Miss Henwen yn mynd i gyrraedd tua saith o'r gloch. Doedd Shane ddim yn gwybod yn union sut, ond roedd hi wedi rhoi cyfarwyddiadau manwl iddyn nhw am sut i baratoi ar gyfer ei dyfodiad.

'There's some bottle full of sand in the vaults that we've got to get rid of,' meddai. 'Don't ask me why. You just make sure you're ready by the Cauldron room by seven, and keep out of sight of Huw and Jason. They don't know I'm getting out of this. I'll sort them out.

Tom says he can deal with that Henwen woman and her lot. He can explain that bit of the plan to you.'

Siarsiodd nhw i beidio dod yn agos i'r Llyfrgell nes derbyn neges ganddo fod Huw Socs a Jason yn brysur yn y celloedd a ddim yn mynd i'w gweld nhw. Gadawodd nhw ar y Waun, a gyrru i ffwrdd ar ras. Roedd Cadi Goch yn falch o gael dianc o'i gwmni.

'Ti'n deud fod neb yn leicio chdi, Tom,' meddai Mohammed, 'ond dwi'n credu basa pawb yn cytuno bo' chdi'n well o lawar na dy frawd!'

Crwydrodd y pedwar i lawr trwy gampws y Brifysgol oedd bron yn wag, a hithau'n gyfnod gwyliau i'r myfyrwyr. Roedd y ffreutur ar agor, fodd bynnag, a dyrnaid o bobol yn bwyta swper, y rhan fwyaf yn eistedd y tu allan yn yr heulwen gynnes. Llerciodd haid o wylanod gan aros i blymio ar unrhyw fwyd dros ben. Doedd neb o'r plant wedi swpera, felly trawon nhw mewn i brynu sglodion. Dywedodd Tom nad oedd chwant bwyd arno, ond roedd Cadi Goch yn amau ei fod yn dweud hynny am nad oedd ganddo arian. Gwyddai, fodd bynnag, na fyddai'n derbyn unrhyw gynnig ganddi i brynu rhywbeth iddo. Eisteddon nhw o amgylch bwrdd y tu allan i'r ffreutur. Rhoddodd Tom ei ffôn o'i flaen i aros am neges oddi wrth Shane.

'Iawn 'te,' meddai Tractor trwy lond ei geg o sglodion, 'beth yw'r plan, Tom?'

Cododd Tom ei ysgwyddau.

'Dwi ddim yn gwbod,' meddai.

'Be?' meddai Mohammed. 'Ddeudodd Shane fod gin ti blan!'

'Dwedais i hynny achos roedd e'n haslo fi,' meddai Tom. 'Dyna oedd yr unig ffordd i gael e i gau ei geg.'

'O grêt,' meddai Tractor. 'Does dim plan 'da ni. Be ni'n mynd i neud, 'te?'

Cododd Tom ei ysgwyddau eto.

'Feddyliwn ni am rywbeth,' meddai Cadi Goch.

Doedd hi ddim yn teimlo'n rhy hyderus, fodd bynnag. Edrychodd ar Mohammed, gan obeithio y byddai ganddo fe ryw syniad clyfar. Roedd e'n gwgu.

'Dwi ddim yn dallt pam fod Miss Henwen angen help Shane a'i griw,' meddai. 'Pam bod hi ddim jyst yn agor porth i grombil y Llyfrgell?'

'Pwynt da,' meddai Cadi Goch.

Doedd hi erioed wedi meddwl am hyn.

'Rhywbeth am y botel roedd Shane yn siarad amdani, falle,' meddai Tractor, gan rofio rhagor o sglodion i'w cheg.

"Na fo!' meddai Mohammed yn frwd. 'Ti'n *genius*, Tractor! Rhaid iddo fo gael gwarad â'r botal o dywod, dyna be ddeudodd o. Chi'n gweld? Dach chi'n cofio'r botal dywod gafodd Cadi gan yr Athro Garwyn i neud y Swyn Amddiffyn o gwmpas ei thŷ hi? Mae Swyn Amddiffyn ar y Llyfrgell. Roedd rhywun heblaw amdanon ni wedi meddwl bod yna beryg basa'r Cacwn yn ceisio dwyn y Pair ac wedi gosod swyn i stopio nhw rhag mynd yn agos at y lle. Yr Athro Garwyn, o bosib. Ond torri'r botel a bydd y swyn yn torri.'

'Gyrra neges at Shane,' meddai Cadi Goch wrth Tom. 'Dwed wrtho am beidio torri'r botel!'

Nododd Tom, a dechrau tapio'n ffyrnig ar sgrin ei ffôn. Ar ôl gorffen, rhoddodd e hi i lawr ar y ford unwaith eto. O fewn eiliadau, roedd yna 'bing'. Cododd Tom y ffôn eto a syllu arni. Edrychodd pawb arno'n ddisgwylgar. Griddfanodd.

'Rhy hwyr!' meddai. 'Maen nhw wedi torri'r botel yn barod. Mae Shane wedi agor y drws ochr. C'mon!'

Cododd ar ei draed ac edrych arnyn nhw.

'Mae hi'n chwarter i saith,' meddai. 'Rhaid i ni fynd!'

Brysion nhw i lawr i gefn y Llyfrgell a orweddai ychydig gannoedd o lathenni yn unig o ffreutur y Brifysgol. Roedd yr haul yn suddo tua'r gorwel gan droi tonnau'r môr yn aur. Arweiniodd Tom y ffordd i'r drws ochr, a throi'r handlen yn ofalus. Agorodd y drws yn dawel. Roedden nhw yn y Llyfrgell.

'You took your time,' chwyrnodd Shane o'r tywyllwch y tu fewn. 'Hurry up!'

Trodd ar ei sawdl a brysio trwy'r coridorau tawel, gyda'r pedwar plentyn yn trotian ar ei ôl.

'Where are Huw and Jason?' sibrydodd Cadi Goch.

'Don't worry about them,' meddai Shane. 'I've dealt with them.'

Oerodd gwaed Cadi Goch. Beth oedd Shane wedi'i wneud iddyn nhw? Oedd e wedi'u lladd? Ac os felly, a fyddai'n lladd Cadi a'i ffrindiau hefyd?

Chwarddodd Shane. Roedd yn amlwg ei fod wedi darllen ei meddwl.

'Don't worry,' meddai, 'they're alive. I locked them in the vault. At least they'll have plenty to read! If Jason can read, that is.'

Dilynon nhw Shane trwy'r Llyfrgell dawel i gyfeiriad ystafell y Pair. Atseiniai sŵn eu traed yn y coridorau uchel. Edrychai Shane ar ei wats o hyd. Daeth i stop y tu allan i'r ystafell a datgloi drws cwpwrdd llawn brwshys a mopiau.

'You lot stay in there until she turns up,' chwyrnodd. 'Then it'll be up to you to stop her and get me out.'

Gwasgodd y pedwar plentyn i mewn i'r cwpwrdd. Doedd dim llawer o le, ac wrth iddyn nhw benelinio ei gilydd gan geisio dod yn ddigon cyffordus, baglodd Tom dros fwced gyda chlec.

'Shhh!' hisiodd Shane o'r tu allan.

Daliodd Mohammed y drws yn gilagored.

'Peth ffôl iawn yw cau'ch hunan mewn cwpwrdd dillad,' meddai dan ei wynt.

'Be ti'n siarad amdano, Mo?' sibrydodd Tractor. 'Dim cwpwrdd dillad yw hwn!'

'*Y Llew a'r Wrach*,' atebodd Mohammed. 'Ti ddim wedi'i ddarllan o?'

'Y be?'

'*The Lion, the Witch and the Wardrobe,*' meddai Mohammed.

'O,' meddai Tractor. 'Dwi 'di gweld y ffilm...'

'Hisht,' meddai Cadi Goch, 'beth yw'r sŵn 'na?'

Tawelon nhw i gyd a moeli eu clustiau. Gallen nhw glywed rhyw suo isel. Roedd yn anodd penderfynu o ba gyfeiriad roedd yn dod. Gallai Cadi deimlo'r blew ar ei gwar yn sefyll i fyny. Roedd yr awyr fel petai'n llawn trydan. Tynnodd ei hudlath o'i bag. Daeth y sŵn yn uwch. Roedd yna aroglau siarp mwyaf sydyn. Roedd Cadi yn gwybod yn iawn beth oedd e: aroglau hud. Yn sydyn, roedd yna glec fyddarol. Gallai'r plant deimlo'r llawr yn ysgwyd odanyn nhw. Rhegodd Shane mewn braw.

'Ma hi 'di cyrraedd,' sibrydodd Cadi. 'C'mon!'

Gwthiodd ddrws y cwpwrdd ar agor a neidio allan. Dyna lle roedd Miss Henwen, yn gwisgo trowsus a thop du, ei gwallt melyn wedi'i glymu yn ôl o'i hwyneb mewn cynffon ceffyl. Roedd hudlath yn ei llaw ac roedd ei llygaid yn galed. Edrychai'n hollol wahanol i'r athrawes hawddgar a byrlymus roedd Cadi yn ei nabod. Roedd dau ddyn mawr gyda hi, wedi'u gwisgo yn debyg iddi. Doedd Cadi erioed wedi gweld un ohonyn nhw, ond roedd hi'n nabod y llall yn bur dda: Cynwal Hir, gyrrwr y bws. Dyna fe, yn dal ac yn esgyrnog yn ei ddillad du, y bandana traddodiadol am ei ben, y graith yn ymestyn oddi dan ei grys T ac yn nadreddu i fyny ei wddf fel llun lloeren o afon. Roedd pastwn praff yn ei law. Roedd sylw'r tri mewn du wedi'i hoelio ar Shane a'r Pair, a doedden nhw ddim wedi gweld Cadi yn y cysgodion.

'Ble mae Huw?' gofynnodd Miss Henwen.

'Huw?' meddai Shane. 'He couldn't come. Ym, Huw dim yma.'

'Galla i weld fod e ddim yma,' meddai Miss Henwen yn flin. 'Ble mae e? Dwi angen rhywun sy'n deall yr hyn dwi'n ei ddweud!'

'Ym,' meddai Shane, 'Huw bara. No, that's not it. Not *bara*, tost! Huw tost!'

Ysgydwodd Miss Henwen ei phen yn ddiamynedd.

'Wyt ti wedi troi'r larwm i ffwrdd?' gofynnodd.

'Larwm?' meddai Shane. 'Yes, yes! Dim larwm!'

Nodiodd Miss Henwen yn gwta. Gosododd flaen ei hudlath yn erbyn gwydr y cas a gynhwysai'r Pair. Roedd yna glec, a thorrodd y cas yn deilchion a disgynnodd y darnau gwydr fel cesair, gan dincial ar y llawr caled. Neidiodd Shane yn ôl gan ollwng bloedd. Safai'r Pair yn dawel yng nghanol y llanast, fel rhyw fwystfil tywyll yn aros ei gyfle. Camodd Cynwal, gyrrwr y bws, a'r dyn arall ymlaen yn ddigynnwrf i'w gyfeiriad, y gwydr ar y llawr yn crensian dan eu sgidiau trwm. Ond cyn y gallen nhw estyn am y Pair, dyma Cadi Goch yn llyncu ei phoer a chamu ymlaen ei hunan.

'Miss Henwen!' meddai yn grynedig.

Chwipiodd pen Miss Henwen o gwmpas, ei llygaid yn fawr â syndod.

'Cadi!' meddai. 'Beth yn y byd wyt ti'n gwneud yma? A Mohammed a Tom!'

Trodd Cadi i weld bod y ddau fachgen yn sefyll gyda hi, pob un â hudlath yn ei law. Y tu ôl iddyn nhw, roedd yna dwrw. Wrth geisio neidio allan o'r cwpwrdd i gefnogi ei ffrindiau, roedd Tractor wedi mynd yn sownd yng nghanol coesau'r brwshys a'r mopiau. Trawodd ei thraed yn erbyn y bwced, a gyda bloedd o boen, dyma hi'n cwympo ar ei hyd yn y coridor.

'A Tractor hefyd!' meddai Miss Henwen, gan godi ael.

'Ie,' meddai Tractor, gan godi ar ei thraed a sythu ei dillad, 'fi hefyd. Ni 'di dod i'ch stopio chi!'

Safodd Cynwal Hir yn gwbl lonydd yn gwylio'r cwbl. Doedd Cadi ddim yn gallu darllen ei wyneb. Dyma'r dyn arall yn cau ei ddyrnau a symud yn fygythiol i gyfeiriad y plant. Cododd Miss Henwen ei llaw, fodd bynnag.

'Aros, Arwyn,' meddai. 'Wna i ddelio â hyn.'

Trodd yn ôl at Cadi a'i ffrindiau.

'Ewch adre, blantos,' meddai. 'Dwi ddim eisiau'ch tynnu chi i ganol hyn i gyd.'

'Ni ddim yn mynd i unman,' meddai Cadi yn benderfynol. 'Ni ddim yn mynd i adael i chi fynd â'r crochan i'r Frenhines Cêt.'

'Y Frenhines Cêt?' meddai Miss Henwen yn syn.

Yna, yn hollol annisgwyl, dechreuodd chwerthin.

'Ydych chi wir yn meddwl 'mod i'n gwneud hyn i'r Frenhines Cêt a'i Chacwn?' meddai. 'Fyddwn i byth yn gwneud dim i'w helpu nhw!'

'Eitha gwir,' meddai llais arall y tu ôl i Cadi. 'Ddim yn fwriadol, beth bynnag.'

Trodd Cadi mewn penbleth i weld bod carfan o dylwyth teg arfog wedi cyrraedd y coridor yn dawel. Roedden nhw'n gwisgo melyn a du: lliwiau Cacwn Cêt. Roedd gan rai gŵn mawr gwyn â chlustiau cochion ar denynnau oedd yn chwyrnu yn isel ac yn glafoerio dros y lle: Cŵn Annwfn. Ymysg y llu, gallai Cadi adnabod wyneb main Tamburlaine. Yn eu harwain, gyda chleddyf mewn un llaw a hudlath yn y llall roedd Gwenddydd Treffynnon, y Frenhines Cêt.

'Mam!' meddai Cadi.

20

Cynwal Hir

'GWENDDYDD!' EBYCHODD MISS Henwen yn syn. 'Beth ydych chi'n ei wneud yma? Sut oeddech chi'n gwybod am y cynllun i ddwyn y Pair?'

Chwarddodd Gwen.

'I'm merch annwyl mae'r clod,' meddai. 'Fel ry'ch chi newydd glywed, roedd Cadi yn meddwl eich bod yn gwneud hyn ar fy rhan i. Petai hi ddim wedi dweud hynny wrtha i, fyddwn i byth yn gwybod!'

Syllodd Cadi arni mewn arswyd. Roedd hi wedi bod mor siŵr bod Miss Henwen yn gweithio i Gacwn Cêt fel ei bod wedi crybwyll hynny wrth ei mam yn y gobaith o'i thwyllo i ddatgelu mwy am ei chynllun. Ond y cwbl roedd hi wedi'i wneud oedd rhybuddio Gwen fod Miss Henwen yn mynd i geisio dwyn y Pair! A nawr roedd hi'n sicr y byddai'r Pair yn syrthio i ddwylo'r Cacwn wedi'r cyfan. Hi oedd ar fai am hyn. Daeth dagrau poeth o ddicter i'w llygaid. Sychodd ei hwyneb â'i llawes. Roedd Gwen yn mynd i hwyl gyda'i stori.

'Roedd hi'n hawdd wedyn i fi berswadio un o griw Miss Henwen i ymuno â fi. Arwyn, mae dy wraig di'n saff. Unwaith mae'r Pair yn ein meddiant ni, caiff hi ei rhyddhau.'

Edrychodd Arwyn ar Miss Henwen, ei wyneb yn llawn gwewyr.

'Mae'n ddrwg 'da fi, Awel,' meddai, 'doedd gen i ddim dewis. Bydden nhw wedi, ym, gwneud rhywbeth i Ffion.'

Atebodd Miss Henwen ddim. Doedd Cadi ddim hyd yn oed yn siŵr ei bod wedi'i glywed. Roedd ei hwyneb fel y galchen. Syllai ar Gwen, ei llygaid yn dywyll, gan agor a chau ei dyrnau. Roedd Cadi'n teimlo fel petai ei phen yn llawn gwenyn swnllyd. Beth oedd yn digwydd? Doedd hi ddim yn gallu meddwl.

'Pam, Miss Henwen?' meddai mewn penbleth. 'Os dy'ch chi ddim yn gweithio i Gacwn Cêt, pam dwyn y Pair?'

Chwarddodd Gwen yn gas.

'On'd yw hi'n amlwg?' meddai.

Doedd hi ddim yn amlwg o gwbl i Cadi, ond nodiodd Mohammed yn araf.

'Ydy,' meddai, gan droi at Miss Henwen. 'Eich chwaer chi. Dach chi isio'ch chwaer yn ôl.'

Nodiodd Miss Henwen y mymryn lleiaf. Pefriai dagrau yn ei llygaid.

'Dim ond unwaith dwi am ddefnyddio'r Pair,' meddai. 'Unwaith bod Eirlys yn ôl gyda fi, bydda i'n ei ddinistrio.'

Chwarddodd Gwen eto.

'Cariad!' meddai hi. 'Rywsut mae cariad wedi bod yn allweddol i'r stori 'ma. Oni bai am gariad Awel at ei chwaer Eirlys, fyddai hi byth wedi cynllunio i ddwyn y Pair. Oni bai am gariad Heledd Bowen at ei thad, fyddai Tamburlaine byth wedi dianc o'r carchar i fod yn gefn i fi. Ac oni bai am fy nghariad innau at fy merch, fyddwn i byth wedi mynd yn agos at ei thŷ hi, a byth wedi clywed am hyn oll. Eironig, on'd yw e?'

Yn sydyn, caledodd ei hwyneb.

'Nawr, digon o siarad. Gadewch ar unwaith, a fyddwch chi ddim yn cael eich brifo. Fi biau'r Pair nawr.'

Cododd ei llaw ac arwyddo i'w dilynwyr ddod ymlaen i hawlio ei gwobr. Edrychodd Miss Henwen o'i chwmpas yn wyllt, fel anifail wedi'i gornelu. Roedd ei hudlath yn ei llaw chwith. Cododd Arwyn ei ddwylo a chamu'n ôl. Roedd dagrau yn ei lygaid. Symudodd Cynwal, gyrrwr y bws, i ochr Miss Henwen, gan godi ei bastwn yn fygythiol. Safai'r ddau o flaen y Pair. Ychydig y tu ôl iddyn nhw roedd Shane, ei geg ar agor mewn syndod a braw. Dim ond hyn a hyn o'r sgwrs roedd e wedi'i ddeall, ond roedd e'n deall yn iawn bod criw o bobl ddiarth â chleddyfau miniog a chŵn ffyrnig yn sefyll rhyngddo a rhyddid.

Roedd Cadi a'i ffrindiau wedi'u dal yn y canol. Dyma nhw'n troi i wynebu'r Cacwn, gan glosio at Miss Henwen a Cynwal. Chwyrlïodd meddyliau lu trwy ben Cadi, bob un yn rhedeg ar ôl cynffon y llall, ond doedd hi ddim yn gallu cydio ynddyn nhw. Doedd ganddi ddim syniad beth i'w wneud. Yn sydyn, teimlodd law yn cydio yn dynn yn ei braich hi. Trodd ei phen mewn syndod a rhyfeddu i weld mai Miss Henwen oedd wedi gafael ynddi. Roedd hi wedi codi ei hudlath yn ei llaw arall.

'Miss Henwen!' ebychodd Cadi. 'Be chi'n neud?'

'Mae'n ddrwg gen i, Cadi,' sibrydodd Miss Henwen. 'Does gen i ddim dewis.'

Cododd ei llais, ac roedd yn swnio'n galed ac yn aflafar.

'Arhoswch lle rydych chi, Gwenddydd,' meddai, 'chi a'ch ciwed, os ydych chi'n caru'ch merch.'

Curai calon Cadi fel gordd. Allai hi ddim credu ei synhwyrau. Roedd Miss Henwen yn ei dal yn wystl. Ceisiodd dynnu ei hunan o'i gafael, ond prociodd Miss Henwen hi yn ei hasennau gyda'i hudlath.

'Aros yn llonydd, Cadi,' hisiodd. 'Dwi ddim eisiau gwneud dim i ti, ond mi wnaf i os oes rhaid.'

Roedd Gwen wedi stopio'n stond ac wedi codi ei llaw i atal ei dilynwyr.

'Awel,' meddai, gan geisio'n aflwyddiannus i guddio'r tinc o ddicter yn ei llais, 'does dim angen hyn. Gallwn ni ddod i ryw gytundeb, mae'n siŵr. Byddaf yn barod i ti ddefnyddio'r Pair i godi dy chwaer di'n fyw – dwi ddim yn hollol afresymol.'

Ysgydwodd Miss Henwen ei phen.

'Dwi ddim yn mynd i adael i chi greu byddin newydd i ddechrau rhyfel eto,' meddai. 'Faint mwy o bobol ddiniwed fel Eirlys fyddai'n marw wedyn? Unwaith bod fy chwaer yn ôl gyda fi, bydda i'n dinistrio'r Pair.'

Chwarddodd Gwen yn gras.

'Does gen ti ddim y pŵer,' wfftiodd. 'Mae pobol wedi ceisio dinistrio'r Pair o'r blaen. Methu wnaeth pob un. Buodd rhai farw yn yr ymgais.'

'Mae un ffordd sicr o ddinistrio'r Pair,' meddai Miss Henwen yn ddigynnwrf. 'Rydych chi'n gwybod hynny cystal â fi.'

Chwarddodd Gwen eto, ond roedd rhywfaint o ansicrwydd yn ei llygaid.

'Fyddai neb yn gwneud hynny,' meddai.

'O byddai,' meddai Miss Henwen yn bendant. 'Nawr 'te, gadewch ar unwaith!'

Syllodd Gwen yn wyllt ar Miss Henwen. Roedd yr olaf yn gwbl lonydd, ond roedd y lliw wedi mynd o'i hwyneb, a gallai Cadi weld y tensiwn ym mhob aelod o'i chorff. Roedd yr aer rhwng y ddwy fenyw yn dew ac yn drydanol.

Shane dorrodd y tawelwch.

'I've got no idea what's going on,' llefodd, 'but I'm getting out of here. You're all mad!'

Rhedodd i gyfeiriad Gwen a'i dilynwyr gan floeddio. Fel un, dyna Miss Henwen a Gwen yn estyn eu hudlathau i'w gyfeiriad. Saethodd golau llachar o'r ddwy hudlath gan daro Shane yn ei frest. Cafodd ei hyrddio yn ôl a glanio fel doli glwt ar ei gefn. Gorweddai'n gwbl lonydd.

'Shane!' gwaeddodd Tom gan gychwyn i'w gyfeiriad.

'Aros lle wyt ti, Tom,' meddai Miss Henwen. 'Bydd dy frawd gwirion yn iawn yn y funud, dim ond rhyw ben tost fydd 'dag e. Nawr 'te, Gwenddydd, rhodda i ddeg eiliad i chi droi a cherdded i ffwrdd.'

Chwyrnodd Gwen, ond safodd ei thir. Edrychodd Cadi o'i chwmpas yn wyllt. Oedd Miss Henwen wir yn mynd i'w lladd hi? Daliodd lygad Mohammed. Cliriodd hwnnw ei lwnc.

'Miss Henwen,' meddai, 'dwi'n dallt sut dach chi'n teimlo.'

'Paid ymyrryd, Mohammed,' meddai Miss Henwen. 'Cer di allan hefyd, ti a dy ffrindiau.'

'Ni ddim yn mynd i adael Cadi,' meddai Tractor.

'Dwi'n dallt,' meddai Mohammed eto.

'Shwt yn y byd wyt ti'n gallu deall?' meddai Miss Henwen. 'Plentyn wyt ti!'

'Dach chi'n teimlo mai chi sy ar fai, yn dach chi?' aeth Mohammed yn ei flaen. 'Tasech chi wedi bod yna, basech chi wedi medru stopio fo. Dwi'n iawn, yndw?'

'Ca dy ben, Mo,' gwaeddodd Miss Henwen, gan golli pob rheolaeth.

'Ac mae o'n brifo, on'd ydy?' meddai Mohammed, gan ei hanwybyddu. 'Yn llythrennol, dwi'n feddwl. Fel cael cweir, fel petai rhywun wedi'ch taro chi yn y stumog.'

'Paid, Mo,' meddai Miss Henwen.

Roedd ei llais yn wannach nawr, fel petai ar fin torri. Trodd Cadi ei phen a gweld bod dagrau yn pefrio ar wyneb Miss Henwen. Ni symudodd neb un gewyn.

'Dach chi weithia'n breuddwydio bod pob dim yn iawn, fod o ddim wedi digwydd a'i bod hi'n dal yn fyw,' meddai Mohammed. 'A pan dach chi'n deffro, am eiliad dach chi'n berffaith hapus, ond yna mae popeth yn llifo'n ôl, a dach chi'n anobeithio'n llwyr.'

Nodiodd Miss Henwen. Doedd ei llais ddim llawer mwy na sibrydiad.

'Shwt... shwt wyt ti'n gwybod?' meddai.

Roedd tawelwch am eiliad. Roedd pawb fel petaen nhw'n dal eu hanadl. Yna siaradodd Mohammed eto. Roedd ei lais yn dew ag emosiwn.

'Roedd gen i chwaer. Saira oedd ei henw hi. Fy chwaer fawr. Roedd hi'n boen tin, dach chi'n gwybod? Byddan ni'n ffraeo fel ci a chath o hyd. Ond ro'n i'n ei charu hi'n fwy nag unrhyw beth. Roedd hi'n fatha *superhero*.'

Daeth i stop am eiliad. Llyncodd ei boer ac ailgydio yn ei stori. Meddyliodd Cadi bod craciau yn ei eiriau ac y gallai glywed gwynt gaeafol ei enaid trwyddyn nhw.

'Ac yna aeth Saira'n sâl. Yn un ar bymthag oed. Isio mynd i goleg i astudio cemeg. Mae pobol yn meddwl bo' fi'n glyfar, ond roedd hi ganwaith yn glyfrach na fi. Rhyw fath prin o gansar oedd o. Roedd hi'n cwyno am boena yn ei stumog, ac ymhen blwyddyn roedd hi wedi marw. Wyth oed o'n i, yn blentyn bach *nerdy*, yn gneud dim byd ond darllan comics Spiderman a ballu. Do'n i ddim yn gwbod bod pobol yn marw go iawn.'

Roedd dagrau'n llifo i lawr bochau Mohammed. Sychodd ei wyneb â'i lawes. Gollyngodd Miss Henwen ochenaid. Llaciodd ei gafael ar Cadi, a suddo i'w phengliniau. Cydiodd Tractor yn Cadi a'i llusgo i un ochr. Plygodd Mohammed wrth ochr Miss Henwen a rhoi ei law ar ei hysgwydd. Roedd ei chorff cyfan yn siglo gyda beichiadau tawel.

Gwen dorrodd y tawelwch.

'Wel,' meddai wrth ei dilynwyr, 'peidiwch â diogi. Gafaelwch yn y Pair!'

Disgleiriodd ei llygaid yn fuddugoliaethus. Rhuthrodd dau labwst cyhyrog yn eu blaenau i gydio yn y Pair a'i ddwyn i ffwrdd. Ond yn sydyn, dyna Cynwal Hir, gyrrwr y bws, yn ei grys T System of a Down, yn neidio rhyngddyn nhw a'u gwobr. Yn ei ddwylo roedd y pastwn trwchus. Stopiodd y ddau yn ansicr, ac edrych dros eu hysgwyddau ar Gwen.

'Deliwch ag e, y ffyliaid!' chwyrnodd honno.

Tynnodd y ddau eu cleddyfau, ond cyn y gallen nhw

anelu ergyd at Cynwal, roedd ei bastwn wedi disgyn ar fraich un gyda chlec gan achosi iddo frefu mewn poen a gollwng ei arf. Symudodd mor gyflym â neidr, a bwrw'r llall ar ei ben a baglodd hwnnw'n ôl, a chwympo ar ei hyd, gan rwystro'r Cacwn y tu ôl iddo rhag rhuthro ymlaen i ymosod. Yna, trodd Cynwal ei gefn ar ei elynion a chamu at y Pair.

'Rhwystrwch e!' sgrechiodd Gwen gan sylweddoli beth oedd ei fwriad.

Roedd wedi cyrraedd y Pair a thaflu un goes hir dros yr ymyl. Dyma dri o'r Cacwn yn neidio ar ei gefn i'w dynnu i ffwrdd.

'Be ma fe'n neud?' hisiodd Tractor wrth Mohammed.

'Mae o'n ceisio dinistrio'r Pair!' meddai Mohammed. 'Wrth gwrs! Os bydd un o Blant y Pair yn taflu ei hunan yn fyw i'r Pair bydd yn cael ei ddifa.'

'Iawn 'te,' meddai Tractor. 'Helpa i fe!'

Camodd Tractor at y tri dyn oedd yn ymgodymu â Cynwal a thynnu dau ohonyn nhw bant. Taflodd y ddau i'r llawr, a gwthiodd Cynwal y trydydd ar eu pennau. Trodd at Tractor a chodi ei fys bawd arni. Yna, sythodd ei fandana, codi ei law dde a'r bys blaen a'r bys bach wedi'u hestyn fel bydd ffans *heavy metal* yn ei wneud, a chamu i grombil y Pair. Diflannodd yn llwyr o'r golwg. Am eiliad, roedd yna dawelwch. Yna, gallai Cadi deimlo rhyw gryndod yn y llawr. Plymiodd y tymheredd yn yr ystafell, nes bod cymylau bychan yn codi o ffroenau pawb. Roedd y Pair wedi dechrau ysgwyd. Rhuthrodd Gwen ymlaen gan weiddi yn groch yn ei dicter. Cydiodd yn ymyl y Pair a syllu i'w ddyfnderoedd, ond roedd hi'n rhy hwyr. Roedd Cynwal wedi diflannu. Roedd y Pair yn crynu fel jeli ar ben peiriant golchi ar *spin cycle*. Y darnau mân o wydr ar y llawr yn dawnsio. Yr aer yn llawn lleisiau, yn llafarganu mewn iaith ddiarth. Dechreuodd pawb facio'n ôl, gan ofni beth fyddai'n digwydd nesaf. Rhedodd Tom at Shane a cheisio ei ddihuno, ond yn ofer.

'Shane!' gwaeddodd. 'Wake up! You can't stay here, it's not safe!'

'Gad hyn i fi, gwboi,' meddai Tractor.

Cydiodd ym mlaen crys Shane a'i lusgo i'r coridor. Tynnodd Mohammed Miss Henwen ar ei thraed a'i harwain allan o'r ystafell. Dilynodd Cadi nhw, gan daflu cip dros ei hysgwydd ar ei mam. Gwen oedd yr olaf i adael. Wrth iddi droi, ei hwyneb yn llawn rhwystredigaeth, dyna glec ofnadwy, a hollt yn ymddangos yn ochr y Pair. Dechreuodd Gwen redeg. Yn lle'r llafarganu sinistr, llanwyd yr awyr â sgrechfeydd dychrynllyd. Crynai'r ddaear o dan eu traed fel bod lluniau yn cwympo o'r waliau, a llwch yn disgyn o'r nenfwd. Roedd yna wasgfa yn y coridor, wrth i bawb geisio ffoi mor bell â phosib. Gwelodd Cadi fod metel y Pair wedi'i rwygo fel papur. Roedd tywyllwch fel petai'n gollwng o'r holltau ac yn llifo dros y llawr. Roedd y synau ofnadwy wedi cynyddu nes eu bod bron yn annioddefol. Cododd panics y tu mewn iddi a bron ei thagu. Unrhyw funud, byddai ffrwydrad, roedd hi'n sicr, a beth fyddai'n digwydd wedyn? Dychmygai ei hunan wedi'i chladdu dan bentwr o rwbel, wedi'i hanafu'n ddifrifol. Caeodd ei llygaid yn dynn a chodi ei breichiau i amddiffyn ei phen.

Yn sydyn: dim byd. Tawelwch. Dim sŵn, dim cryndod. Agorodd Cadi ei llygaid yn araf ac edrych yn ôl i gyfeiriad yr ystafell. Roedd y Pair Dadeni wedi diflannu'n llwyr, a Cynwal Hir gydag e.

21

Cau Pen y Mwdwl

GOLLYNGODD GWEN FLOEDD ddieiriau o ddicter. Yna, trodd at ei dilynwyr.

'Agorwch borth!' gorchmynnodd. 'Does dim gallwn ni wneud fan hyn nawr.'

Cyn pen dim, roedd twll rhacsog yn y deunydd rhwng y bydoedd, a Chacwn Cêt yn neidio trwyddo fesul un. Heb air arall, trodd Gwen ei chefn ar ystafell y Pair, Miss Henwen, Arwyn a'r plant, a chamu yn gefnsyth i gyfeiriad y porth yn ôl i Annwfn. Ond doedd Cadi ddim am adael iddi fynd mor hawdd â hynny.

'Gwen!' galwodd.

Parhau i gerdded wnaeth Gwen heb ddangos ei bod wedi clywed.

'Mam!' meddai Cadi.

Stopiodd Gwen yng nghanol cam, ond wnaeth hi ddim troi.

'Cadi,' meddai, 'beth?'

'Wedest ti gynne bod ti'n caru fi,' meddai Cadi, gan

lwyddo, rywsut, i gadw'r cryndod o'i llais. 'Ydy hynny'n wir?'

Ochneidiodd Gwen yn ddiamynedd, ond trodd i wynebu ei merch.

'Ydy,' meddai.

Syllodd â llygaid cul ar Cadi, fel petai am danseilio ei geiriau ei hunan.

'Os felly,' meddai Cadi, 'dwi moyn i ti addo rhywbeth i fi.'

Nodiodd Gwen ei phen y mymryn lleiaf.

'Gad wraig Arwyn yn rhydd,' meddai Cadi. 'Ddim fe sy ar fai bod ti ddim 'di cael dy fachau ar y Pair.'

Chwarddodd Gwen.

'Rwyt ti fel dy dad,' meddai, 'wastad yn gwneud y peth iawn. O'r gorau, mi wna i. A nawr, rwy'n mynd i ofyn i ti wneud rhywbeth i fi.'

Cododd ei golygon ac edrych y tu ôl i Cadi lle roedd Mohammed yn dal i gysuro Miss Henwen.

'Rwy am i ti faddau i Awel Henwen,' meddai Gwen.

'Be?' meddai Cadi'n syn.

'Rhaid dy fod ti'n grac gyda hi,' aeth Gwen yn ei blaen. 'Roedd beth wnaeth hi'n ofnadwy, ond mae galar yn gwneud pethau od i bobol. Yn y bôn mae hi fel ti – yn berson da.'

Yna ychwanegodd, dan ei gwynt, bron:

'Ac mae pawb yn haeddu ail gyfle.'

Syllodd Cadi arni heb symud gewyn. Doedd hi ddim

yn gallu dychmygu maddau i Miss Henwen am ei dal hi'n wystl.

'Meddylia am beth dwi wedi'i ddweud,' meddai Gwen, 'dyna i gyd.'

Trodd i fynd. Roedd y rhan fwyaf o'r Cacwn wedi diflannu trwy'r porth erbyn hynny. Yna stopiodd ac edrych ar Cadi unwaith yn rhagor.

'Sut wyt ti'n mynd i fynd adre?' gofynnodd.

Cododd Cadi ei hysgwyddau. Doedd hi ddim wedi meddwl am hynny. Ysgydwodd Gwen ei phen ac estyn i'w phoced. Tynnodd gwpl o bapurau ugain punt o'i phwrs a'u rhoi i Cadi.

'Arian am dacsi,' meddai hi. 'Gobeithio bod gen ti stori dda i dy dad. Rwyt ti'n gwybod faint mae e'n poeni.'

Nodiodd Cadi, a derbyn yr arian. Yna, heb oedi, trodd Gwen a rhedeg yn ysgafn droed fel cath ar ôl yr olaf o'r Cacwn oedd yn croesi'n ôl i Annwfn. Neidiodd hi trwy'r porth a gaeodd ar ei hôl â chlec. Syllodd Cadi ar y man lle roedd y porth wedi bod am eiliad, yn gwbl fud. Yna trodd at ei ffrindiau.

'Tractor, Mo, Tom!' meddai. 'Amser mynd!'

'Beth am Shane?' gofynnodd Tom.

Roedd hwnnw yn gorwedd ar y llawr, yn griddfan.

'Rhaid i ni ei adael e yma,' meddai Cadi. 'Os ni'n mynd ag e, bydd yr heddlu ar ei ôl e. Byddan nhw'n meddwl ei fod e wedi dwgyd y Pair.'

Nodiodd Tom.

'Gallwn ni ffonio'r heddlu,' meddai. 'Unwaith ni mas. Dweud bod ni wedi gweld pobol *dodgy* ger y Llyfrgell, neu rywbeth.'

'Syniad da,' meddai Cadi. 'Byddan nhw'n ffeindio Shane a'r lleill wedyn. Tractor, beth am i ti lusgo fe i'r cwpwrdd lle ro'n ni'n cwato?'

Cododd Tractor ei bys bawd arni, a llusgo Shane i gyfeiriad y cwpwrdd. Daeth Mohammed atyn nhw.

'Cadi,' meddai'n ansicr, 'mae Miss Henwen…'

'Dwi ddim moyn siarad â hi,' meddai Cadi. 'Dwed wrthi hi ac Arwyn am fynd. Bydd yr heddlu yma cyn hir. Ma Gwen wedi addo rhyddhau gwraig Arwyn. Dwi'n credu wneith hi.'

Nodiodd Mohammed. Trodd yn ôl at Miss Henwen ac Arwyn, a siarad â nhw mewn llais isel. Daeth Arwyn yn syth at Cadi a chydio yn ei llaw.

'Diolch!' meddai, â dagrau yn ei lygaid.

Edrychodd Miss Henwen fel petai hi ar fin dweud rhywbeth, ond estynnodd Cadi ei llaw i'w rhwystro. Doedd hi ddim eto yn barod i siarad â hi. Trodd yn ôl at y plant eraill.

'Awn ni adre, 'te,' meddai.

***

Gorweddai Cadi ar ei chefn ar ei gwely gan syllu ar y nenfwd. Roedd hi'n troi digwyddiadau'r misoedd diwethaf yn ei meddwl. Erbyn hyn roedd ei blwyddyn gyntaf yn Academi Gwyn ap Nudd wedi dod i ben, ac estynnai haf hir yng Nghymru o'i blaen. Roedd hi'n edrych ymlaen at dipyn o hoe, mewn gwirionedd. Teithiau i'r traeth, sioeau amaethyddol, cwpl o ddyddiau yn yr Eisteddfod – ychydig o normalrwydd. Amser i gnoi cil ar yr anturiaethau yng Ngwlad y Tylwyth Teg. Roedd hi wedi treulio cryn dipyn o amser yng nghwmni Cadi Ddu a Tractor, ac wedi cael ambell alwad fideo â Mohammed. Roedd hi hyd yn oed wedi siarad â Tom Jarvis unwaith pan welodd hi e mewn sêl cist car yn y pentref i godi arian at ryw elusen neu'i gilydd. Roedd hwnnw wedi dweud wrthi fod Shane a Jason wedi gadael am yr Almaen, gan anwybyddu cais gan yr heddlu i aros yn lleol rhag ofn bod angen siarad â nhw eto am y digwyddiad yn y Llyfrgell. Roedd diflaniad y Pair yn dal i fod yn ddirgelwch pur iddyn nhw: felly hefyd y niwed i'r ystafell lle roedd wedi bod. Roedd cael siarad am hyn i gyd yn gysur, rywsut. Ond hyd yn hyn roedd hi wedi osgoi siarad â neb am ei mam, nac am Miss Henwen. Roedd ei theimladau am y ddwy yn gymhleth ac yn boenus. Torrwyd ar draws ei myfyrio gan lais Sandra o waelod y staer.

'Cadi! Ma rhywun 'ma i dy weld di. Un o'r athrawon o'r ysgol, dwi'n credu.'

Cododd Cadi ar unwaith yn llawn chwilfrydedd. Pam fyddai un o'r athrawon am ei gweld hi yng nghanol gwyliau'r haf? Daeth ton o bryder drosti. Oedd hi mewn trwbl? Gwisgodd ei sandalau a brysio lawr staer. Agorodd y drws ffrynt, a dyna lle roedd Miss Henwen yn sefyll ar ben y dreif. Neidiodd calon Cadi yn anghyfforddus. Roedd Miss Henwen yn gwisgo sgert liwgar a chrys T gyda chalon fawr secwinog arno. Roedd hi wedi torri ei gwallt golau yn fyr mewn math o 'bob'. Er gwaethaf ei hunan, meddyliai Cadi ei fod yn ei siwtio hi. Cerddodd Cadi hanner ffordd lan y dreif a dod i stop, rhyw bum llath o'r man lle roedd Miss Henwen yn sefyll. Roedd honno yn gwasgu ei dwylo, ac yn gwenu'n nerfus. Plygodd Cadi ei breichiau a syllu arni heb ddweud gair.

'Helô, Cadi,' meddai Miss Henwen o'r diwedd. 'Gobeithio bod ti'n iawn.'

Atebodd Cadi ddim, dim ond nodio ei phen y mymryn lleiaf.

'Ym, efallai nad wyt ti eisiau siarad â fi,' aeth Miss Henwen yn ei blaen, 'ond gobeithio y byddi di'n fodlon gwrando am eiliad. Mae'n ddrwg calon gen i am yr hyn wnes i yn y Llyfrgell.'

'Be?' meddai Cadi'n flin. 'Cymryd fi'n *hostage* a bygwth fy lladd i, chi'n feddwl?'

Gwingodd Miss Henwen.

'Fyddwn i *byth* wedi...' dechreuodd, ac yna dod i stop.

'Hoffwn i ddweud nad o'n i'n fi fy hunan,' aeth hi yn

ei blaen ar ôl seibiant byr, 'ond dwi ddim yn credu bod hynny'n wir. *Fi* wnaeth yr holl bethau ofnadwy yna. Do'n i ddim dan ryw swyn na dim byd. Ro'n i wastad yn meddwl mai person da o'n i, ond y gwir yw bod gen i ochr ddrwg hefyd, ac yn sgil colli Eirlys roedd yr ochr yna'n drech na'r ochr dda am gyfnod. Mae hynny'n newid nawr.'

Ddywedodd Cadi ddim byd. Doedd hi ddim yn gwybod beth i feddwl. Cofiai'r hen Miss Henwen siriol a llawn brwdfrydedd. Roedd hi'n gweld eisiau'r hen Miss Henwen honno, ac roedd hi eisiau meddwl y gallai ddod yn ôl. Roedd yna dawelwch am ychydig.

'Wel,' meddai Miss Henwen, â gwên drist, 'dyna ni. Does yna ddim esgus am yr hyn wnes i, a dwi ddim yn disgwyl i ti faddau i fi. Ond ro'n i eisiau i ti wybod faint dwi'n difaru, dyna i gyd.'

'Dwedodd Gwen, ym, fy mam, y dylen i faddau i chi,' meddai Cadi.

'Do?' meddai Miss Henwen yn syn. 'Go iawn?'

'Go iawn,' meddai Cadi. 'Dwedodd hi bod chi'n berson da, a bod pawb yn haeddu ail gyfle.'

Ysgydwodd Miss Henwen ei phen.

'Creadur rhyfedd yw Gwen,' meddai yn fyfyriol. 'Dwi'n credu ei bod yn hollol ddiffuant pan ddwedodd hi ei bod hi'n dy garu di, gyda llaw. Yn ei ffordd hi ei hunan, hynny yw.'

Cododd Cadi ei hysgwyddau.

'Dwi ddim yn gwbod,' meddai. 'Pam dyw hi byth yn neud dim i helpu fi, 'te?'

'Ry'n ni oedolion yn bethau cymhleth, ti'n gwbod,' meddai Miss Henwen, 'ond dy'n ni ddim yn ddrwg i gyd. Ddim hyd yn oed y Frenhines Cêt.'

Gwenodd eto, ac roedd yna ryw adlais o'r hen Miss Henwen y tro hwn.

'Wel, dwi wedi mynd â digon o dy amser,' meddai. 'Rhaid bod gen ti bethau gwell i'w gwneud ar ddiwrnod hyfryd o haf fel hyn. Ffarwél am y tro!'

Trodd yn ôl i'r heol a diflannu o'r golwg. Safodd Cadi am ychydig yn edrych ar ei hôl. Doedd hi ddim yn siŵr sut roedd hi'n teimlo: am Miss Henwen nac am ei mam. Ysgydwodd ei phen a throi yn ôl i'r tŷ lle gallai glywed Sandra'n canu gyda'r radio wrth dynnu dillad o'r lein.

Hefyd gan yr awdur:

£7.99